翔ぶ少女

原田マハ

ポプラ文庫

翔ぶ少女

Dum spiro, spero——生きている限り、私は希望を抱く。

1

ええにおいや。あまくて、やさしい、やわらかぁなにおいや。

バターと、クリーム。おさとうに、バニラ。あまい、あまい、きゅうーっとなるほどあまぁい、すごーく、ええにおい。

これは、あたしのだいすきな、チョココルネのにおい。チョコレートのあまにがいんと、ふんわりやけるパンのキツネいろ。ふわふわ、ふわあっ。ああ、はなが、くすぐったい。

じゅうじゅう、おとがしとぉよ。やきそばを、やくおとや。ふうーっと、ながれてくるんは、ソースと、あおのりのにおい。できあがったやきそばは、やきそばパンのなかみになるねん。

ぱちぱち、あぶらのはねるおと。こんどは、コロッケをあげとぉねん。コロッケパンの中に、入れるねん。レタスのはっぱと、きゅうりのうすぎりと、さくさく、さくっと、ぜんぶいっしょに。

おはようさん。きょうも、ええおてんきやねえ。

あさいちばんで、パンをかいにくるんは、とつかのおばちゃん。おばちゃんとこのあみちゃんは、あたしのいちばんのおともだちやねん。

おはようさん。ほんまに、ええおてんきやねえ。

げんきいっぱいに、おみせで、おばちゃんとはなしとぉんは、あたしの、おかあちゃん。あみちゃんがだいすきなやきそばパンと、しょくパンを、ふくろにつめとぉ。

あみちゃん、もう、おきとぉの？　ほんまに、ええ子やなあ、はやおきで。うちの子らは、あかんわ。みぃんな、ねぼすけや。

なんぼ、はやおきかて、あかんわ。あみは、しゅくだいもやらんと、あそんでばっかりやから。かんじかくんも、にがてやねん。あんたとこの、三きょうだいは、イッキくんも、ニケちゃんも、えらいべんきょうでけて、じまんやろ。

あかん、あかん。イッキは、たいいくばっかりすきで。ニケは、さんすうがにがてで……たしざんひきざんも、ようせんと、二ねんせいになれるんかいな。サンクも……いやいや、あの子はまだみっつやし、わからんけどな。

あはは、ははは。

わらっとぉ。おかあちゃん、おばちゃん、わらっとぉ。おみせの中で、パンつくっとぉおとうちゃんも、きっと、わらっとぉ。

イッキにいちゃんも、サンクも。

みんな、みぃんな、わらっとぉ。

あまくて、やさしい、ええにおいん中で。


枕《まくら》もとの目覚まし時計の針が、五時四十五分を指していた。

丹華《にけ》は、そのとき、夢を見ていた。自宅の二階の、子供部屋で。

家の一階にある店、「パンの阿藤《あとう》」の店先で、母と、近所の戸塚《とつか》のおばちゃんが、楽しそうに会話をしている。それを、どこから眺《なが》めているのだろう、空にふわっと浮いたようにして、上のほうから見ているのだ。

母も、おばちゃんも、いつも通りに、たわいのない話をして、あはは、ははははと笑っている。

やがて、店の奥から、調理パンがいっぱい載《の》った銀色のアルミトレーを掲《かか》げた父が出てくる。おはようさん、とあいさつをして、やっぱり、笑っている。

兄の逸騎《いつき》が、そのあとに続く。チョココルネ一個ほしいねん、なあええやろ、お父ちゃん。兄のあとから、妹の燦空《さんく》も、ちょこちょこと走りながらやってくる。サンクも、サンクも。ねえお父ちゃん、お母ちゃん。サンクも、チョココルネ、ちょうだい。

小鳥のように、宙を舞って、丹華は、みんなの様子を眺めている。

幸せな、朝の風景。

そんな夢を見るのは、階下から、店の厨房《ちゆうぼう》で両親がパンを焼く香ばしいにおいが上がってくるからなのだ。

父と母は、毎朝、四時半に起きて仕込みを始める。五時半には、パンを焼き始める。調理パンの中身に使う焼きそばをいため、コロッケを揚《あ》げる。

兄の逸騎と、丹華と、妹の燦空。二階の子供部屋で、すやすや眠る三きょうだいを、甘くてしょっぱい、いいにおいが包み込む。

明け方に見る、おいしくてやさしい夢。その夢の中で、丹華は、悠々《ゆうゆう》と空中に浮かんでいた。翼が生《は》えているかのように。

あたしも一緒に、と、夢の中で、眼下に見えるみんなに向かって、丹華は声をかける。

あたしも、みんなと一緒に、パン食べたいねん。

お父ちゃん、お母ちゃん。ええやろ？　兄ちゃん、あたしにも、チョココルネ、一個ちょうだい。

なあ、戸塚のおばちゃん。亜美《あみ》ちゃんも呼んでもええ？　みんなで一緒に、朝ご飯、食べよ。

あたし、そこへ行ってもええ？　なんか、あたしだけ飛んでるの、ヘンやし。

それとも、みんなも、飛んでみる？

うん、そのほうが、ええかも。

大丈夫、飛べるって。こうしてな、うーーんと、上に、空に、うーーんと、力いっぱい、飛び上がるねん。

やってみて、お父ちゃん。お母ちゃん。

兄ちゃん。サンクもや。

こうしてな、こうして……ほうら。

飛ぶ…………

ド――――――――――――――――ン

その瞬間、丹華の小さな体が、宙を舞った。

ドドドドドッ、轟音《ごうおん》が響《ひび》き渡る。ガガガガガッダダダダダッ、ものすごい地響きとともに、周辺にあるものが、全部、丹華に向かってなだれ落ちてきた。

きゃあああああああ――――――っ。

叫び声がした。自分が叫んだのか、誰《だれ》かが叫んだのかもわからない。ズシン、と体が重くなった。ドドドドドッ、轟音はまだ続いている。

「お母ちゃん！　お父ちゃん！　お母ちゃんっ！」

何が起こったのか、まったくわからない。あたりは真っ暗だ。地響きがする。周り全部が激しく揺《ゆ》れている。丹華の体の上に、硬《かた》くて重たい何かが、どっと落ちてきた。とたんに、右足に激痛が走った。ああっ！　と丹華は声を放った。

「痛いっ。痛いいいぃ！　怖いいいぃ！　お母ちゃあん！」

「ニケ……ニケ！　どこにおるんや？　どこやあっ⁉」

兄の逸騎の叫び声が聞こえる。二階の子供部屋で、丹華と逸騎は、妹の燦空を真ん中にはさんで、三人で寝ていたはずだ。ところが、兄の声は、遠くから響いてくるようだった。

「兄ちゃん、イッキ兄ちゃん！　痛いぃ、痛いぃ！」

声を限りに丹華は叫んだ。動きたくても、動けない。下半身が、何かにはさまってしまっているのだ。ぎゃあああ、ぎゃあああと泣き叫ぶ声。燦空の声だ。

「サンク！　ニケ！　くっそ、なんも見えへんっ……どこやあ〜っ！」

ゴオオオオオッ、と再び、地の底から湧《わ》き上がるような不気味な音がした。「余《よ》震《しん》やあっ！」「動くなあっ！」ずっと遠くで、誰かの声がこだましている。ズシ――ン、と激しい揺れが突《つ》き上げた。爆発したかのような轟音。周囲のいっさいがっさいとともに、丹華の体は、真っ暗闇《やみ》の奈落《ならく》の底へと一気に落下した。

ほんの数秒間のできごとだった。目の前がふっと暗くなり、意識が遠のく。


お母ちゃん。……お父ちゃん。

イッキ兄ちゃん。……サンク。

何なん？……これ、何なん？

……夢？　あたし、夢見とぉ？

「ニケ……ニケ！　おいっ、ニケ！　目ぇ開けろ、生きとぉか⁉」

激しく体を揺すぶられ、丹華はうっすらと目を開けた。

ぼんやりかすんだ視界の中に、逸騎がいた。暗闇の中、恐怖におののいたように見開かれた兄の目が、必死に丹華をみつめている。ぎゃあああ、ぎゃあああ、すぐ近くで、燦空の泣き叫ぶ声が聞こえる。

頭の上には、天井《てんじょう》も、屋根もない。いまだ明けない真冬の夜空が広がっていた。壁《かべ》も、部屋も、なくなっている。

丹華たちきょうだいは、一瞬にしてがれきの中に放り出されていた。何が起こったのか、わからない。立ち上がろうとしたが、足がまったく動かない。

「兄ちゃん……兄ちゃん……い、痛い……足……あし……」

途切《とぎ》れ途切れに、ようやく声を絞《しぼ》り出した。妹の足を見て、逸騎がひっと息をのむのが聞こえた。

「石にはさまれとぉぞ。待っとけ、すぐ動かすから……」

右足が、がれきにはさまってしまっていた。兄は必死にどかそうとしたが、少年の力ではびくともしない。足に心臓が飛び移ってしまったかのように、ズキン、ズキンと右足が脈打っている。あまりの激痛に、また意識が遠のく。
「おいっ、起きろ！　寝たらあかん、あかんて！　ニケ！」
頬《ほお》をぺちぺちと叩《たた》かれる。それでも、まぶたが重く下がってくる。

ニケ――――っ。ニケぇぇぇ――――――――っ。

どこかで、名前を呼ぶ声がする。母の声だ。

イッキぃっ。サンクうう。
ニケええ――――っ。

「お……お母ちゃん……」
遠のく意識の中で、丹華は、母の声に答えようと、兄の腕の中で頭を上げた。
「お母ちゃんが、呼んでる……お母ちゃんが……」

逃げて、はよ、逃げてえっ。

ここにおったら、あかん。すぐ逃げな、あかんで！

逃げて、はよ逃げてええっ！


ぱちぱち、ぱちぱち、音がする。何かが燃える音。

においがする。焦《こ》げくさい、変なにおい。ガスのにおい——。

ああ、お母ちゃん。……兄ちゃん。

あたし、あたしは……。

……死ぬの？

「ニケ！　あかん、寝たらあかん！　逃げなあかん！　起きろ、起きろぉっ！」

ふっと右足の重しが取れた。ゆらり、と大きく体が揺れた。ふわっと軽くなって、また、宙に浮いた。

一瞬、自分が、鳥になった気がした。

宙に浮かんで、飛んで、ここから逃げることができたら——。

ふと、タバコのにおいが丹華の鼻をくすぐった。丹華を軽々と抱き上げる、父のにおいに似ていた。

「……お父ちゃん……？」

ささやくと、大きな、あたたかい手のひらが、丹華の頰をさすった。

「しっかりするんやで」

誰かの声がした。聞き覚えのない、大人の男のひとの声。丹華は、うっすらと目を開けた。

すぐ近くに、知らない男のひとの顔があった。白いひげ、銀縁《ぎんぶち》の丸いメガネ。丹華と目が合うと、メガネの奥の瞳《ひとみ》がやさしく微笑《ほほえ》んだ。

「大丈夫や。おっちゃんがついとるよってに。心配せんでもええ」

おっちゃんはそう言って、丹華を抱き上げ、立ち上がった。そのすぐ横で、兄が、泣きじゃくる燦空の手を握り、おっちゃんを見上げているのが視界の端《はし》に入った。

「坊主。この子と、その子は、どっちも君の妹か」

逸騎がうなずいた。ほこりで汚れた頰には、涙が幾筋《いくすじ》も流れている。いつも妹たちを泣かしてばかりの兄が泣いている。丹華の頰にも、恐怖と足の痛みとで、涙が伝った。

「泣くな。自分、男やろ。アニキやろ。妹らの前で、泣いたらあかんぞ。ええな？」

逸騎は、もう一度、大きくうなずいた。歯を食いしばって、パジャマの袖《そで》で両目をこする。丹華も、それを真似《まね》て、パジャマの袖で顔をこすった。ふたりの顔を見て、「よし、その調子や」とおっちゃんが力強く言う。

「兄ちゃん、何年生や」

「三年生……」おっちゃんの問いに、逸騎がしゃくり上げながら答えるのが聞こえる。

「そうか。三年生やったら、イケるな。兄ちゃん、その子をおぶえるか」

「うん」逸騎は、顔を上げて、きっぱりと返事した。

「よし。ほな、その子を頼むで。おっちゃんは、この子を連れてくよってに。ええか、おっちゃんのあとについてくるんやで。周りは見んでもええ。おっちゃんの背中だけ見てるんやで。ええな」

逸騎はうなずいた。そして、泣きじゃくる小さな妹に向かって、後ろ向きにしゃがんだ。

「サンク、兄ちゃんの背中に乗れ」

「いやや、いやや。お母ちゃんとこ、行く。お母ちゃん、どこ？」

燦空は泣きながら、いやいやをするばかりだ。丹華は、「サンク、言うこと聞いて。おんぶされるんや」と、痛みをこらえて小さな妹を諭《さと》した。妹は、涙を流しながらも、ようやくうなずいた。燦空をおぶいかけて、逸騎がおっちゃんを見上げて言った。

「おっちゃん。お父ちゃんとお母ちゃんも、連れてってくれるんやんな？」

おっちゃんの顔色が変わった。そして、早口に訊《き》いた。

「お父ちゃんたち、どこにおるんや」

「お店に……」

「店ってどこや」

「ここのパン屋……」

パチパチ、パチパチ。火のはねる音、燃え盛る音が、すぐ近くに迫っていた。

「あかん」切羽詰《せっぱつ》まった声で、おっちゃんが言った。

「ここは『パンの阿藤』やったな。地震で家がつぶれて、二階が一階に落ちたんや。店は下敷《したじ》きになってしもうた。せやから……」

「いやや！」逸騎が、大声で叫んだ。丹華は、びくりと肩を震《ふる》わせた。兄の声に驚いて、燦空が再び泣き出した。

「お父ちゃんとお母ちゃんがいてるんや！　助けて、おっちゃん！　お父ちゃんとお母ちゃんを、助けてぇな！」

「あかん。ここは火事になるよって、はよ逃げんかったら、焼かれてしまうで」

「焼かれたかて、ええ！　お父ちゃんとお母ちゃん、助けてぇな！　助けてくれへんかったら、おれ、行かへん！」

兄の一途《いちず》なまなざしに、おっちゃんは射貫かれたようだった。抱き上げていた丹華を、がれきの外へ連れ出し、地面の上に寝かせる。あたりの光景は、一変していた。となりの靴屋《くつや》も、向かいの肉屋も、仲良しの亜美が住んでいる戸塚の家も……跡形もなく、めちゃくちゃに壊《こわ》れ、がれきの中から炎が噴《ふ》き出している。丹華は不安と恐怖に震えながら、両手を弱々しく突き出し、宙に泳がせた。

「……行ったらいやや、ニケも……ニケも、一緒に行く……」

行きかけたおっちゃんが、振り向いた。しゃがんで、丹華の額《ひたい》に手を当てると、

「大丈夫や」とやさしく言った。

「すぐ戻るよってに……がまんするんや」

と、背後で、逸騎の半泣きの声が上がった。

「……お母ちゃんっ！」

丹華は、立ち込める煙《けむり》に激しくむせながらも、どうにか上半身を起こして、兄の声のしたほうを見た。どす黒い煙があちこちで立ち上っていた。ほんの数メートル

先で、逸騎がしゃがみ込んで、がれきの山の中から必死に何かを掘り出そうとしている。めらめらと燃え上がる炎の舌ががれきをなめる。

「危ないっ、そっちは火の手が……兄ちゃん、戻れっ！」

叫んで、おっちゃんが逸騎のそばへすっ飛んでいった。すぐさま背中から抱き上げようとしたが、いややっ、と逸騎はその手を全身ではねのけた。

丹華は、目を見開いた。

がれきの山の中に、母がいた。顔と、腕の右肘《みぎひじ》より上の部分が、かろうじて出ている。体のほとんどが埋《う》もれていた。お母ちゃん、お母ちゃんと叫びながら、逸騎が必死に母を埋め尽くすがれきをどかそうとしている。

……お母ちゃん……動かれへんの？　そこから出てこられへんの？

火が……火が……火が、お母ちゃんのとこに……！

「イッキ……もうええから……もう、ええから……」

苦痛に顔を歪《ゆが》めながら、母がか細い声で言った。逸騎は聞こうとしない。がれきをかき出す兄の手に、たちまち血がにじむ。

丹華は、わなわなと口を震わせた。何か叫ぼうとしても、声が出ない。どうしても出ない。火がめらめらと、母を押しつぶしているがれきに迫っている。うぅ、うあぉ、とかすれたうめき声を絞り出して、丹華は立ち上がろうとした。が、足が熱した鉄のように重く、まったく動かない。

「兄ちゃん、どいとれっ！」

ひと声叫んで、おっちゃんが、がれきの中に飛び込んだ。母の真上におおいかぶさったコンクリートの柱をどかそうと力をこめる。が、びくともしない。

「あかん、わしひとりでは……誰か、誰か手伝《てつど》うてくれへんか！　誰かあっ！」

周囲は、いちめんに火の手が上がっていた。助けを求めて叫ぶ人、必死に誰かを助けようとする人、逃げまどう人々、燃え上がる炎の音、サイレンの音。

母の血だらけの手が伸びて、おっちゃんのくるぶしをつかんだのを丹華は見た。おっちゃんは、息を止めて母のほうへ顔を向けた。母は、一心におっちゃんを見上げて、かすかに言った。

「どなたさんか、存じませんが……この子たちを……うちの子たちを……どうか……どうかよろしゅう頼んます……」

おっちゃんは、しゃがんで、両手で母の手を握った。

「ご主人は、どないしはりましたか」

母は、弱々しく首を横に振った。そうするのが、せいいっぱいのようだった。母の目に浮かんでいた大粒の涙が、がれきの上にこぼれ落ちる。丹華は、息をのんだ。

お母ちゃんが、泣いとぉ？

いっつも、笑っとぉお母ちゃんが、泣いとぉ。

「いやや……」兄の目にも、たちまち涙が浮かんだ。

「いやや、いやや。お母ちゃん。死んだらいやや。死んだらいややあ」

泣きじゃくりながら、兄は、母の手を力の限り引っ張った。兄のかたわらに立ち尽くす燦空も、声の限りに泣いている。母は、涙を流しながら、されるがままになっていたが、やがて、あらん限りの声を張り上げた。

「ええ加減にしなさいっ！　あんたが、兄ちゃんのあんたが、そんなんでどうするのっ⁉」

兄は、肩をびくりと震わせた。母は、兄の手を握って、息つく間もなく言った。

「ええか、イッキ。あんたはこれから、ふたりの妹を守って生きていくねんよ。お父ちゃんがおらんでも……お母ちゃんがおらんでも、絶対に、弱音をはいたらあかんよ。三人で、しっかり生きていくねんよ。ええな。約束やからな。わかった？」

「……」

「返事はっ⁉」

兄は、歯を食いしばって上を向いた。涙が幾筋も頬を流れ落ちた。明るみ始めた空に向かって、白い息とともに、逸騎は大声を上げた。

「……はいっ！」

母は、ほっと、頬をゆるめた。そして、逸騎の傷だらけの手を、力をこめて握りしめた。

「あんたらが、うちの子で、よかった……」

……おかあちゃんっ！

丹華は、かすれた声を振り絞った。しかし、燃え上がる炎の轟音で、声は母には届かない。涙でぐしゃぐしゃになりながら、丹華は、けんめいに心で呼びかけた。

お母ちゃん、お母ちゃん、お母ちゃん！

いかんといて……いかんといて！

お母ちゃんのそばに、ニケが行く。ニケが、飛んでいって、お母ちゃんがいかないようにする。

お母ちゃんを、助ける。

待って、お母ちゃん……待って！

母の目が、黒煙の中の、丹華をみつけた。視線が、ほんの瞬間、合わさった。

ゴオオオッ、ゴオオオオオオッ。

火の手が、すぐそこに迫っていた。猛然と黒煙が上がる。涙にかすんだ視界の中で、母の口が、ゆっくりと動くのを、丹華は確かに見た。

あ・り・が・と・な……………。

おっちゃんの腕が、突風のように、逸騎の体を抱き上げた。その瞬間、焼けこげた屋根が、ふたりの目の前に落ちてきた。お母ちゃん！　と丹華は、今度こそ、力の限りに叫んだ。叫び声は、燃え上がる炎の中に、空しく消え果てた。


お母ちゃん。……お父ちゃん。

なあ、飛んでみて。ニケと一緒に。

大丈夫、飛べるって。こうしてな、うーーんと、上に、空に、うーーんと、力いっぱい、飛び上がるねん。

やってみて、お父ちゃん。お母ちゃん。

兄ちゃん。サンクもや。

こうしてな、こうして……ほうら。

……飛ぶねん……。

1995年1月17日（火曜日）
午前5時46分52秒
兵庫県南部地震　発生

震源地　淡路島《あわじしま》北部
北緯　34度36分　東経　135度02分
最大震度　7
マグニチュード　7・3
震源の深さ　16km

未明の空に、白い満月が、しいんと黙って浮かんでいた。決して届くことのない、
別世界への出口のように。

2

五月の空が青々と晴れ渡っている。その下に連なる、白くて四角い箱、箱、箱。プレハブの仮設住宅、窓の外に取り付けた物干しに、白いシャツ、赤いTシャツ、タオルや靴下が並び、朝日を浴びている。

おはよう、おはようさん。ええ天気やねえ、いってらっしゃい、気ぃつけてな。朝のあいさつが、プレハブにはさまれた通路で交わされている。大人たちのあいだを縫《ぬ》うようにして、野球のバッグをかついだ子供たちが、元気よく駆《か》け抜けていく。

「何しとぉねん、サンク。はよ靴はけや。お前のせいで兄ちゃんが遅刻するやろ」

ごちゃごちゃと靴やスニーカーが転がる狭い玄関先に座り込んで、妹の燦空が一生けんめい小さな運動靴と格闘《かくとう》している。兄の逸騎に背中からせかされて、よけいもたもたしている。

「姉ちゃん、ニケ姉ちゃん。はけへんねん」

燦空が半べそをかくので、奥の六畳間でランドセルに教科書を詰め込んでいた丹華は、急いで玄関先に向かった。

「どれ、貸してみ。姉ちゃんがはかせたるわ」

「やめとけ。お前がそんなんやから、こいつ、いつまでたっても甘ったれやねんぞ。もっとしごかなあかん。こうやるんや」

逸騎は、いきなり燦空の頭を小突《こづ》いた。とたんに、うわああ、と泣き声が上がる。

「何するねんな！　サンクはまだ四つやねんで。ちっさいねんから、しゃあないやんかっ」

丹華が泣きじゃくる妹を抱き寄せると、

「ガキがガキをかぼとるわ、あほちゃうか」

今度は丹華が兄にぽかりと殴られた。手加減されてはいるものの、殴られて黙っているヤワな妹ではない。

「やめてよ。自分かてガキやんか」

「うるさいんじゃ。お前よりは大人じゃ」

「大人やったら、子供が靴はけへんかったら、手伝うたったらええやろ」

「おれはこいつを保育園まで送ったっとるんや。送るんが遅《おそ》なったら、おれが遅刻してまうねんぞ。せやからはよせえ言《ゆ》うただけや。手伝うてるヒマなんかないんじゃ」

「そんなこと言うんやったら、今日からあたしがサンクを送ってくわ。兄ちゃんは先に学校行ったらええやろ。な、そうしよな、サンク？」

姉に頭をやさしくなでられて、燦空は両手で頬をこすりながら、こっくりとうなずいた。

「あかん。こいつを送ってくんは、おれの仕事や。お前はさっさと学校行けや」

「それやったら、もっとやさしくしたってよ」

「やさしくしとぉやんか、いっつも。おれは近所でいちばんやさしい兄ちゃんやぞ。な、そやろ、サンク？」

燦空は、子犬のようにふるふると頭を横に振った。むっとした兄は、もう一度、幼い妹の頭をぽかりとやった。たちまち、泣き声のボリュームが上がる。

「こら、イッキ！　何しとぉねん！」

ユニットバスのトイレから出てきたのは、白いひげに銀縁メガネをかけた「おっちゃん」だ。

おっちゃんは、玄関先へ大股《おおまた》で移動すると、燦空の前にしゃがんで、泣きじゃくる顔をのぞき込んだ。

「どないした、サンク？　このごんたに、なんぞいじわるされたか？」

「ごんたとちゃうわ」むすっとして、逸騎が言う。

「あたしとサンクのこと、ガキやガキや言うねん。自分かてガキのくせに」

丹華もむすっとなって、訴えた。

「ああ、よう聞こえとったぞ。トイレの中まで」おっちゃんが苦笑する。

「お前らのケンカは、この仮設じゅう全部筒抜《つつぬ》けや。おちおち用も足せへんがな、ほんまに」

逸騎は、むすっとしたまま、燦空の手をぐいっと引っ張った。

「ほら、はよせえ。行くで。ほんまに、遅れんねんから」

すかさず、おっちゃんが逸騎の手首をつかんだ。

「乱暴にしたらあかん。女の子の手はな、やさしく握るもんやで。こうやってな」

そう言ってから、燦空の手をそっと握った。それから、もう片方の手で、丹華の手を握った。丹華は、思わず妹と顔を合わせて、ふふっと笑った。それにつられて、燦空も、ようやく笑顔になった。

「ほら、見てみ」と、おっちゃんもうれしそうに微笑んだ。

「大事なことやで。男やったら、覚えとけ。ええな？」

言われて、逸騎は、ぷいと顔を逸《そ》らした。それから、乱暴に玄関のサッシ戸を引き、妹の手をやっぱり乱暴に引っ張って、外へと出ていった。

「ほんまに。ぜんぜん聞いとらへんな、あいつ」

おっちゃんがため息をついて言う。丹華は、「聞くわけないやん、あのごんた」と追随《ついずい》した。

「ニケ。お前かて、女の子やのに『ごんた』なんぞ言うたらあかんで」

「せやかて、イッキ兄ちゃん、ごんたなんやもん。せやなかったら、クソ兄ちゃんや」

「クソ兄ちゃんて……よけいあかんがな！」

おっちゃんに頭をくしゃくしゃとかき回されて、丹華はきゃあっと声を上げた。つかまえようとするおっちゃんをかわしながら、子供部屋になっている奥の六畳間に向かって、ひょこん、ひょこん、右足を引きずりながら逃げる。おっちゃんは、こらぁ、待てえと言いながら、わざとゆっくり、丹華を追いかける。

こんなふうに、丹華は、登校まえのほんのひととき、おっちゃんとふたりで、ふざけて追いかけっこをしたり、学校に持っていく道具の最終確認をしたり、最後までわからなかった宿題の答えをどうにか教えてもらったりする。そうこうしているうちに、遅刻ぎりぎりの時間になる。

「あかん、もう八時過ぎや。そろそろ行かんかったら遅刻やで。さあニケ、行ってこい行ってこい。はよ、はよ。はよ。はよう」

「わかっとぉよ、もう。はよはよばっかり言わんといてよ。おっちゃんも、兄ちゃんとおんなじや」

「おんなじちゃうぞ。わしは立派な大人や。子供は大人の言うこと聞かなあかんねや」

「はいはい、言うこと聞きます。ほな、いってきます。クソおっちゃん」

こら！　ともう一度どなられて、丹華は笑い声を上げながら、仮設住宅の外へ出た。

ひょこん、ひょこん、右足を引きずりながら、砂利の敷かれた通路を進んでいく。登校まえ、おっちゃんとのどうってことないやりとり。どうってことない時間。けれど、丹華は、そのどうってことないちょっとした時間が、なんだか好きだった。あの時間が、もっとずっと続いたらええのに。……学校なんか行かんと。

「おはようさん、ニケちゃん」

向かいの仮設に住む桂木《かつらぎ》のおばちゃんが、窓を開けて声をかけてくる。

「いってらっしゃい。車に気ぃつけてな」

「はあい。いってきまあす」

となりの佐々木《ささき》のおばちゃんが、サッシ戸を開けて出てきた。片手《かたて》鍋《なべ》を持っている。

「おはようさん。ニケちゃん、ゼロ先生、まだいてはるか？」

「うん、おるよ。もうすぐ診療所に出かけるけど」

「そうか。おばちゃん、今朝《けさ》、ごっつうぎょうさん煮物こさえてしもたんよ。先生に届けとくから、今晩、みんなで食べるんやで」

「え、ほんまに？」丹華は、学校へ向かう足をおばちゃんのほうへ向けて、鍋の中をのぞき込んだ。

「うわあ、おいしそうやわ。ニケ、おばちゃんの煮物、大好き」

おばちゃんの顔を見上げて、「いま、食べてもええ？」と訊く。おばちゃんは、しゃあないなあ、という笑顔になって、「ひとつだけやで」と鍋を差し出す。丹華は、迷わずちくわをつまんで、口に入れた。

「はふっ、おいひい」

「せやろ？」おばちゃんが、にかっと笑う。

「さ、はよ行っといで。あんた、うちから出てすぐ寄り道してどないすんねんな」

ちくわを飲み込んで、「はあい」と丹華は返事をした。

ひょこん、ひょこん。白いスニーカーが、五月の朝の日差しの中をゆっくりと進む。

めっちゃ急いどぉねんけどな、と丹華は、誰にともなく心の中で言い訳をする。どんなに急いどっても、みんなに追い抜かれてしまうねん、あたし。

仮設住宅のある公園を出て、表通りの隅《すみ》っこを歩いていく。にぎやかにおしゃべりをしながら、黒や赤のランドセルが、丹華をどんどん追い抜いていく。さわやかな季節なのに、丹華の額には、いつしかじっとりと汗がにじみ出ている。

はあ、はあ、はあ。はあ、はあ、はあ。

いち、に、いち、に。いち、に、いち、に。

前へ、前へ。歩くねん。進んでいくねん。

毎朝、思う。学校なんか、行きたくない。こんな遠い道を、じんじんしびれる足を引きずりながら、しんどい思いをして行きたくなんかない。

ほかの子にどんどん追い抜かれるのも、いや。誰も振り向いてくれないのは、さびしい。だけど、振り向かれてじろじろ見られたら、きっと悲しい。

ふつうの子にとっては、学校までの道程《みちのり》はさほど遠くはないだろう。けれど、丹華には、それが永遠に終わらない道に思えてくる。

あの電信柱まで。あそこまで行ったら、行くか帰るか、考えよう。

そんなふうに、心に決める。そうして、その電信柱まで歩くと、今度は次の電信柱を眺める。今度は、あの電信柱まで。あそこまで行ったら、今度は次の電信柱まで――。

そうして、どうにか、小学校の正門前の電信柱までたどり着く。始業時間、ぎりぎりのタイミングで。

丹華が教室のドアを開ける瞬間まで、担任の岩槻《いわつき》先生は、教室内の椅子《いす》に座って待っていてくれる。丹華が教室に入っていくと、学級委員の岡島聖子《おかじませいこ》が「起立！」と声をかけるのだ。

「おはようございます！」

元気いっぱいにクラスメイト全員であいさつして、学校の一日が始まる。

今日も、なんとか間にあった。丹華は、額の汗を手の甲でぬぐって、着席する。

二年生になって、最初の頃は、ひそひそとうわさする声が教室のあちこちから聞こえてくる気がした。

あの子がニケちゃん？

うん、あの子や。

あの子、地震でな、足、大けがしてんて。ほんで、ちゃんと歩けへんようになってしもてんて。

ほんでな、お父さんとお母さん、家の下敷きになって、死んでしもてんて。

うちのお母ちゃんが言うとってん。ニケちゃんとこは、兄ちゃんと妹がおるねんけど、「しんさいこじ」になってもうてな。知らへんおっちゃんに、引き取ってもろてんて。

いまは、そのおっちゃんと、「かせつ」に住んどぉねんて。

ふうん、かわいそうやな。

せやねん。かわいそうやねん。

せやから、友だちになってあげへんかったら、あかんやろ？

「おはよう、ニケちゃん。今日も、ばっちり、遅刻せえへんかったね」

「朝の会」が終わってすぐ、となりの席の麻実《まみ》が話しかけてきた。うん、と丹華はうなずいて、にっこり笑ってみせる。

麻実も、にこっと笑顔になって、「すごいなあ」と、ほめてくれる。

「ほんま、ニケちゃん、すごい。絶対、遅れへんもん。ふつうに歩いたって、学校行くのめんどくさいのになあ」

えらいなあ。ニケちゃんすごいなあ。麻実は、何度も何度も繰り返す。丹華は、照れくさそうな微笑みを浮かべているが、ほんとうは、なぜだか、泣き出しそうな気持ちでいっぱいなのだ。

なんでほめるん?

あたしは、みんなとおんなじように、ただ、学校に来ただけやん。

笑いながら、涙がこみ上げる。そんなとき、いつも、どこからともなく、おっちゃんの声が聞こえてくる。

ニケ。お前はな、ほかの子とは違う。お前の足は、もう、もとには戻らへんのや。

それでもな。それでも前へ、前へ。歩くんやぞ。進んでいくんやぞ。

なんでかわかるか?

人言うもんはな、ニケ。前を向いてしか、歩いていけへんのや。

後ろ向きに歩いてみ。ひっくり返ってまうやろ。

せやからな、ニケ。お前も、前を向いて、歩いていくんや。

ゆっくりでええ。ほかの子に、追い抜かれたってええんや。

自分の足で、前へ、前へ。歩くんや。進んでいくんや。

お前のお父ちゃんも、お母ちゃんも、お前が歩いていくんを、天国からきっと見守ってくれとぉはずや。がんばるんやで、って言ってくれとぉはずや——。


そうやんね、おっちゃん。

ニケががんばっとぉの、お父ちゃんとお母ちゃん、見てくれとぉやんね。

せやけど、あたし、ときどき、もうしんどいわ、って思うねん。

こんなにしんどいんやったら、お父ちゃんとお母ちゃんがいるとこに、天国にいったほうがええかなって、思うねん。

あたし、もう歩きとぉないねん。

飛びたいねん。

飛んでいきたいねん。お父ちゃんのとこに。お母ちゃんのとこに。

なんで……なんで、飛んでいったらあかんの？

一時間目の授業が始まる。丹華は、頬杖をついて、窓の外に広がる五月晴れ《さつき》の空を、焦点の合わない目でぼうっと眺めている。

あの空の向こうに、お父ちゃんとお母ちゃんがいてるんや。

それでも、父の、母の励ましの声は、どこからも、ちっとも聞こえてはこなかった。

あの日。

丹華が横たわっていたのは、体育館の冷たい床の上。

右足が、火にあぶられているように熱く、石をぶつけられているようにずしんずしんと痛んでいた。

もう、涙も出ない。泣き過ぎて、涸《か》れてしまった。眠りたくても、痛さのあまり、眠ることもできない。

大地震のあと、丹華は、兄と妹と一緒に、見ず知らずの通りがかりのおっちゃんに連れられて、避難所《ひなんじょ》になっている小学校へとやってきた。

丹華は足にひどいけがをして歩けなかったので、おっちゃんにおぶわれてきた。燦空は、逸騎がなんとかおぶってきた。丹華は、いろんなことがいっぺんに起こり過ぎて、もう何がなんだかさっぱりわからず、おっちゃんの背中で気を失っていた。そのまま、死んでしまったほうがよかった。そうすれば、あんなにもつらい気持ちを味わわなくてすんだのに。

気がつくと、体育館の床には毛布が敷かれていて、丹華はその上に転がっていた。起き上がろうとすると、足がずきんと引きちぎれそうになって、思わず声を上げた。

「痛あっ……」

足を見ると、包帯がぐるぐるに巻かれ、板切れのようなものがふくらはぎに縛《しば》りつけてあった。

……ここ、どこやろ？

大きな空間の中で、数え切れないほど大勢の人たちがうごめいている。泣き声や、話し声、咳払《せきばら》い、どなり声……いろいろな声が一緒くたになって、高い天井にうわあんとこだましている。

「ニケ？……起きたんか。大丈夫か」

すぐそばで、兄の声がした。丹華は、両手を宙に泳がせた。逸騎の手が伸びて、丹華の両手をぎゅっとつかんだ。すすとほこりで黒くなった兄の顔が、真上からのぞき込んでいる。

「さっき、おっちゃんが来て、お前の足、手当てしてくれたぞ。せやから、きっと、もう大丈夫や」

そう言いながらも、兄の瞳が不安に震えているのがわかった。横を向くと、毛布にくるまった燦空が、すぐ近くに横たわっている。よほど疲れたのか、すやすやと寝入っている。

「兄ちゃん……ここ、どこ？……お母ちゃんは？」

逸騎は、ぐっとくちびるをかみしめて、顔を逸らした。それっきり、黙りこくっている。

ずきん、ずきん、足の痛みに再び気が遠くなった。そのとき。

「よお、お嬢ちゃん。目ぇ覚ましたか」

聞き覚えのある声が、頭の上で響いた。目の前に、白いあごひげと銀縁メガネの顔がにゅっと出てきた。

あっ、と丹華は、急に記憶を取り戻した。

このおっちゃん、あたしをおんぶしてくれた人や。あたしらを、助けてくれた人や。

そう思い出したとたん、世界が大きく揺れて、体がふとんから飛び出て宙に浮いた瞬間が、ありありとよみがえった。

地震。……大きな地震があった。

家が、壊れた。全部。下のお店には、お父ちゃんと、お母ちゃんが……。

ふっと、目の前が暗くなった。

お父ちゃん。……お母ちゃん。

……どこいったん？

「お嬢ちゃん。君の名前は、なんちゅうんや？」

おっちゃんの、おだやかな声がした。丹華は、うっすらと目を開けて、おっちゃんを見た。銀縁メガネの奥の瞳が、やさしい色をたたえている。その瞳に、丹華は、縮《ちぢ》こまりかけていた心が、ふっとゆるむのを感じた。

「あ……とう……ニ……ケ……」

途切れ途切れに、ようやく答えた。おっちゃんは、そうか、とうなずいて、大きな手のひらで丹華の額にそっと触れた。

「ニケ、言うんか。ええ名前やな。女神さまの名前と一緒や」

変わった名前やね、と言われたことはあったが、女神さまの名前と一緒とは、初めて聞いた。

「めがみ……さま？」

おっちゃんは、もう一度うなずいた。

「ギリシア神話に出てくる、勝利の女神や。……言うてもわからへんか。とにかく、女神さまやで。翼が……羽《はね》が生えとぉねんぞ。背中にな、こんなふうに、大きな羽が」

そう言って、おっちゃんは、両手をふわっと持ち上げて、大きな鳥にでもなったように、二、三回、上下させた。丹華は、もうろうとしながらも、おっちゃんがいまにも飛び立ちそうに両手を広げるのをみつめていた。

「せやから、大丈夫や。君は、守られとぉねんぞ。女神さまに」

その言葉を聞いたとたん、体じゅうを重苦しくおおっていた熱と痛みが、一瞬、遠ざかった。

ニケ。――勝利の女神。

いったい、それが、どんな姿かたちの神さまなのか、想像もつかなかった。

ただ、おっちゃんが軽やかに両手を広げた姿が、ほんとうに翼を広げた鳥のようで、丹華のまぶたに、残像になって焼きついた。

まるで、自分自身の背中に羽が生えて、ふわっと飛び立つような浮遊感。

「先生。――ゼロ先生、こっちお願いします！」

遠くで男のひとの声がした。その声に呼応して、おっちゃんが立ち上がった。おっちゃんと一緒にしゃがみ込んでいた逸騎も、丹華の視界の中で立ち上がった。

「おっちゃん。……また行ってまうんか」

兄の不安そうな声。続いて、おっちゃんの落ち着いた声がする。

「けが人だらけなんや。どんどん運ばれてくる。おっちゃんは、こう見えても医者や。助けにいかなあかんのや」

外科は専門外やけどな、と付け加えた。兄の頭に、ぽん、と大きな手のひらを乗せると、おっちゃんは言った。

「ええか、イッキ。君らは、絶対に大丈夫や。君の妹は、なんと女神さまと一緒の名前やないか。きっと守ってもらえるはずや。心配せんと、ここで待っとくんやで」

逸騎は、くちびるをかんだまま、小さくうなずいた。

「また戻ってくるからな。腹減ったやろけど、もうちょっとの辛抱《しんぼう》や。もうすぐ救援物資が届くはずやからな」

ほな、と行きかけるおっちゃんを、「待って！」と声を振り絞って止めたのは、丹華だった。

「……帰って……くる？」

丹華の祈るようなまなざしを受け止めて、おっちゃんは、力強くうなずいた。

「もちろん、帰ってくる。せやから、待ってるんやで。ニケ」

毛布にくるまる人々のあいだを、風のようにすり抜けて、おっちゃんの背中が遠ざかった。

おっちゃんの名前は、佐《さ》元《もと》良《ら》是朗《これあき》。長田《ながた》区にある、小さな心療内科《しんりょうないか》「さもとら医院」の院長・通称「ゼロ先生」だった。

見ず知らずの人なのに、なぜかなつかしかった。

無骨な、やさしい手をしていた。

パン生地をこね、焼き上がったパンの並んだトレーを運ぶ手。丹華の頭をやわらかくなでてくれた、父の手にどこか似ていた。

3

金曜日、午後三時半。

「そしたら、みんな元気でお休みの日を過ごしましょう。また来週、さようなら」

帰りの会の最後に、担任の岩槻先生が「さようなら」のひと言を口にするのを辛抱強く待って、丹華は教室を飛び出す。

とはいっても、丹華の右足は、「飛び出す」ほどの自由がきかない。実際は、右足を引きずりながら、いつもよりあわてて教室を出る。それでも、丹華には、もうせいいっぱいだ。

廊下をぱたぱたと走る上履《うわば》きの音が背後に近づいて、あっという間に同級生の麻実につかまってしまった。

「ニケちゃん、ニケちゃん。あのな、今日帰りに『ときわや』行かへん？」

丹華の腕に自分の腕を絡《から》ませながら、麻実が言う。「ときわや」というのは、駄菓子《だがし》や小さなおもちゃを売っている、小学生が大好きな店だ。震災で、店番をしていたおばあちゃんが亡くなり、一年以上店を閉めていたが、小学生たちを元気づけるためにと、おばあちゃんの娘が、最近ようやく再開したのだった。

もちろん、丹華も「ときわや」が大好きだった。誘《さそ》われれば、つい行きたくなる。けれど、今日は一週間のうちでいちばん大切な金曜日だ。

「うーん、行きたいけど……けど……今日は、やめとく」

丹華の返事に、「えーっ、なんで？」と麻実が返す。

「幸恵《ゆきえ》ちゃんもはるかちゃんも行くねんで。あたし、お母ちゃんからおこづかいもろたから、梅《うめ》ジャムせんべい買《こ》うて、ひとつニケちゃんにもあげるわ。なあ、せやから、行かへん？」

丹華は、「うーん、でも……」と歯切れの悪い返事をする。なあ、なあ、行こうな、行こうな、と麻実はしつこく誘い続ける。

「麻実ちゃん、もうええやん。ニケちゃんは行かへん言うてんねんから、あたしらだけで行こ」

後ろから追いかけてきたはるかが、ふたりのあいだに割って入った。そして、

「なあ、梅ジャムせんべい、あたしにくれへん？」

くすくすと笑う。麻実もくすくす笑って、「うん、ええよ」と答える。そのまま、

はるかは麻実の腕を取って、どんどん早足になり、先に行ってしまった。

丹華は、もう、と肩をすくめて、ため息をつく。

そりゃあ、友だちと一緒に、寄り道して帰るんは楽しいけど。

あたしにはもっと大事な仕事があるねん、と自分に言い聞かせた。


学校が終わると、脇目《わきめ》もふらずに、丹華は「さもとら医院」へ行く。学校からだと、ふつうの子なら歩いて十五分。丹華の場合は三十分近くかかる。

以前、丹華たちの家と両親が営むパン屋があった商店街から、さほど遠くないところに、その診療所はもともとあったようだ。

さもとら医院は、小児科でも内科でもない「心療内科」だ。心の病《やまい》が原因で、体に不調を訴える人たちを治療する医院なのだそうだ。

丹華たち一家は、近隣ではあっても、さもとら医院にお世話になったことはなかった。だから、人々が「ゼロ先生」と呼んで親しんでいた「おっちゃん」のことも、震災のときに偶然助けられるまで、まったく知らずにいた。丹華たち幼い三きょうだいは、たとえ町中ですれ違っていたとしても、覚えているはずもない。

震災の直後、ゼロ先生は、なりゆきで面倒をみることになった丹華たち三きょうだいとともに、避難所となった小学校の体育館で寝起きしていた。そして、地元の外科医、内科医などとともにチームを作り、日本各地から続々と到着するボランティア医師団を迎え入れ、避難所内に仮設の診療所を開設した。

眠る間もなく、ゼロ先生は働いた。逸騎、丹華、燦空は、いつしか、ゼロ先生が「おうち」に帰ってくるのを、首を長くして待つようになった。「おうち」というのは、寒々とした体育館の一画の、段ボールに囲まれた、三きょうだいが毛布を広げて横たわる場所のことだった。妹の燦空が、あるとき「サンクのおうち」とそこのことを呼んだ。ゼロ先生も、「今日はできるだけはよう、うちに帰ってくるよって」などと言って、診療所へ行くのだった。

あれから、一年とちょっと。

ゼロ先生と三きょうだいは、「おうち」の場所を体育館から仮設住宅へと移し、ともに暮らしている。

ゼロ先生は、この春、ようやく、もとの場所でさもとら医院を再開した。

丹華たちの住んでいる神戸市長田区は、大震災のとき、甚大《じんだい》な被害を被《こうむ》った。建物は崩れ落ち、町じゅうに火の手が上がり、多くの人々がその犠牲《ぎせい》となった。丹華たちの家、「パンの阿藤」も焼けて、跡形もなくなった。父と母は、天国へいった。仲良しだった戸塚のおばちゃんも、いちばんの友だちだった亜美も、やはり天国の住人となった。

そして、いま。

「ただいまあ〜。おっちゃ〜ん」

「さもとら医院」と文字が貼《は》られたサッシ戸をカラカラと引いて、元気よく丹華が声をかけた。プレハブの狭苦しい待合室に座っていた、白衣の後ろ姿が、長い髪をふわりと揺らして振り向いた。

「あ、来た来た。待っとってんよ、ニケちゃん」

そう言って立ち上がったのは、神戸市立三宮《さんのみや》病院心療内科の研修医、石塚由衣《いしづかゆい》だ。

「あ！　ゆい姉《ねえ》やっ」

足を引きずりながら、丹華は由衣に向かって突進した。由衣は上半身をかがめて、丹華を抱きとめた。

「ひさしぶりやね。元気やった？」

やさしく丹華の頭をなでて、由衣が訊いた。丹華は、うん、と元気よくうなずいた。

「ゆい姉、なんで来《こ》ぉへんかったん？　お仕事やったん？」

「うん。病院のほうが、いま、大変で……もう、めっちゃ忙しいねん。こっちへ来たかってんけど、なかなか時間が作られへんかったの」

そう答えてから、由衣は、そっと丹華の右足をさすった。

「足、どない？　がんばって歩いてる？」

丹華は、また、うん、とうなずいた。

「歩いとぉよ。友だちみんなに、どんどん追い抜かれてまうけど……ニケ、がんばっとぉよ」

「そう。それやったら、よかった」

由衣はふんわりと微笑んだ。丹華は、由衣がかもし出す「何やらふんわりした感じ」がとても好きだった。長い髪もふんわり、笑顔もふんわり。胸も、手も、ふんわりやわらかで、抱きつくと、ふんわりといいにおいがする。

ニケも、大人になったら、ゆい姉みたいな女のひとになりたいな。

そんなふうにあこがれてもいた。

ところが、そのあこがれの人を、ゼロ先生はこき使っているのである。

「由衣、カルテの準備、途中やで。さっさとせなあかんやないか」

診療室のドアを乱暴に開けて、丸い銀縁メガネのひげ面《づら》がのぞいた。そして、丹華の姿をみつけると、

「おう、ニケ。帰ってきとったんか。そろそろ出かけるけど、お前も行くか？」

丹華は、うん、とうなずいてから、はっきりと返した。

「おっちゃん、ゆい姉を怒らんといて。ゆい姉は、ニケのこと待っとってくれたんやもん」

ゼロ先生は、きょとんとして丹華を見た。そして、

「別に怒ってへんぞ。はよ準備せえへんかったら、なかなか出かけられへんから、文句を言うただけや」

「文句言うたらあかん。お手伝いしてもろてるのに、文句なんか言うたらばちがあたるもん」

ゼロ先生は、待合室に出てきて、丹華を真上から見下ろした。

「なんや、お前、えらい生意気《なまいき》言うようになったなあ。たいしたもんや」

気持ちよく笑って、いつものように、丹華の頭をくしゃくしゃとなでた。

丹華は、この「くしゃくしゃ」も、大好きなのである。これをゼロ先生にやられ

ると、たちまち気持ちがゆるんでしまう。ゼロ先生は、きっとそれを知っていて、ふたりのあいだの空気を和《なご》ませたいときに、丹華の頭をくしゃくしゃとするのだ。

「すみません、すぐ準備します。……いつもより、ニケちゃん、帰ってくるのが遅いなあ思って、ちょっとサボってしもたんです」

由衣は、いかにもすまなそうに言って、丹華と目を合わせ、軽く片目をつぶった。丹華も真似をして、軽く片目をつぶったつもりが、思いっきり両目をつぶってしまった。

「なんや、お前ら、ヘンな顔しよって」

ゼロ先生が、また笑った。今度は、由衣も丹華も、一緒に笑った。

「さあ、さっさと準備準備。ニケ、お前も手伝うてくれや。カルテ揃《そろ》えるくらいはできるやろ。あ、そのまえにこの札《ふだ》、外に出してきてくれるか」

「夕方休診」の札を手にして、丹華は表へと出た。サッシ戸につけてあるフックに、札を引っかける。

毎週金曜日の夕方は、ゼロ先生が長田区内のいくつかの仮設住宅を、ボランティア医師として回診する日だった。

由衣も、やはりボランティアの研修医として、臨床研修のときに世話になったゼロ先生を手伝い、回診に参加している。

そして丹華は、名実ともに、ゼロ先生の「かばん持ち」として、回診にお供させてもらっている。

診察室で、由衣はゼロ先生の大きな黒いかばんに、カルテを詰め込んだ。そして、筆記用具などが入った小さな布製のバッグを、丹華に手渡す。これを持っていくのが、「かばん持ち」である丹華の仕事のひとつなのだ。

「ほな、行こか」

元気よく、先生が言う。由衣と丹華も、元気よくうなずいた。

ゼロ先生と由衣は、短めの白衣を着て、医者然としたいでたちだ。仮設住宅をボランティアで回るのだから、ふつうの格好でもいいのかもしれないが、「なんぼボランティアでも、白衣で診るのが礼儀やろ」とゼロ先生は言っていた。それに、白衣で接すると、自然と、そして正直に不調を訴えてくる人も多いらしい。逆に、「医者は嫌いや」と敬遠する人もいるらしいが。

丹華は、金曜日が大好きだった。こうして、ゼロ先生と、あこがれの由衣と一緒に、あちこちの仮設で家庭訪問をし、そこに暮らす人々に会える。最初は、なんで子供が一緒にいてるん？　と不審そうな目を向ける人も多かったが、そのうちに、むしろ歓迎されるようになった。特にお年寄りは、丹華の顔を見ると、たちまち目を細める。

「ニケちゃん、今日も来てくれたんか。おおきに」

そう言って、頭をなでたり、手を握ったりしてくれる。最初は、丹華のほうも勝手がわからず、おっかなびっくりだったが、

「いっぱい頭なでてもろたらええ。じじばばのご長寿パワーで、元気になるはずやで」

ゼロ先生にそうアドバイスされて、お年寄りに会うのが楽しみになった。

「ニケ、なんもせえへんのに、いっつも、おばあちゃんらに、ありがとうって言われるねん。なんでやろ?」

先生に訊いてみると、

「ええやないか。子供は、なんもせんかて、お年寄りにはうれしいもんなんや。そこにいてるだけで、ありがたい気持ちにならはるんやろ」

そんな答えが返ってきた。丹華は、ちょっとうれしくなって、

「ニケも、おじいちゃんおばあちゃんと一緒にいてると、ありがとうって言いたくなるねん」

ゼロ先生は、にっこり笑って、頭をくしゃくしゃとしてくれた。

元気あらへんお年寄りには、元気な子供がいちばんのお薬になるねん。

ゼロ先生は、それをよぉく知ってはるのよ。

こっそりと、由衣が教えてくれた。

ニケちゃんはおじいちゃんおばあちゃんのお薬やねんから、元気いっぱいで一緒にいてくれたら、それでええんよ――と。


大震災のあと、逸騎と丹華は、しばらくのあいだ、再開された小学校へ避難所から通っていた。そして、放課後は学校で開かれている「学童保育」に行っていた。いろいろな経緯があって、結局、ゼロ先生と一緒に暮らすことになり、三きょうだいは佐元良家の養子になった。そして、仮設住宅に入居してからも、学童保育に通った。燦空は、夜間保育もある保育園に預けられ、ゼロ先生が迎えにいく夜七時半まで園で過ごしていた。ゼロ先生は、ボランティアの医療活動と仮設診療所の勤務で忙しくしていて、休む間もない日々だった。

逸騎と丹華は、丹華が三年生になったのをきっかけに、学童保育の教室へ行かなくなった。学校からまっすぐ仮設に帰り、部屋の掃除《そうじ》や洗濯《せんたく》、夕飯のしたくなどを、きょうだいで手分けしてこなした。そして、先生と妹が帰ってくるのを、ふたりで待つのが日課になった。

ふたりが学童保育に行かなくなったのには、いくつかの理由があった。

震災のあと、学童保育の施設は、どこも定員を上回る申し込みがあり、待機児童の行き場がないのが問題になった。両親を失った逸騎と丹華は、優先的に入れてもらえたのだが、丹華は施設になかなかなじめなかった。

学童保育の教室の中で、自分だけがほかの子たちと違う。教室に通うようになってすぐ、奇妙な違和感を覚えた。

その違和感がなんであるのか、丹華はすぐに気がついた。

友だちは、みんな、ごくふつうに丹華と遊んでくれたし、スタッフの人たちも、ごくふつうに丹華に接した。けれど、やはり違和感があった。なんとも言えない、おかしな感覚。じろじろと見られているような、ひそひそとうわさされているようなな。

ニケちゃん、名前が変わったんやで。「阿藤丹華」から「佐元良丹華」に。

それって、もらわれっ子になった、ゆうこと?

お父さんもお母さんも、おらんようになってしもて。

かけっこも、できへんのよ。

地震のまえの運動会で、徒競走、いちばんやったのに。

かわいそうやん。せやけど、遊んであげへんかったら、もっとかわいそうやん？

どこからともなく、そんな声が聞こえてくるようで、いやだった。ニケは、学童保育の中で、次第に孤立していった。

窓際《まどぎわ》の席に座って、いつも、ぽつんとひとりで本を読んでいることが多くなった。スタッフの人たちが気にして、しきりに声をかけてくれた。

——ニケちゃん、いっつも本読んでるんやね。あっちで、みんなと遊んだら？それとも、お話ししよか。

誰かに促《うなが》されれば、丹華はすなおにそれに応じた。みんなのところに行って一緒に遊んだり、先生とおしゃべりしたり。けれど、何をしていても、なんとなく「ふり」をしている感じがあった。

遊んでいるふり。しゃべっているふり。笑っているふり。

「ふり」をしているうちに、疲れてしまう。いつも、ぐったりして帰ることになる。

兄の逸騎は、もっと極端だった。

もとは活発な少年だったのだが、震災後はいつも暗くなるまで、学童の仲間に交わることもなく、ひとりぼっちで校庭にいた。

震災のまえには少年野球チームのメンバーで、ファーストが守備。夢はもちろん、甲子園に行くことだった。

けれど、震災で、少年野球チームの監督が亡くなり、チームは自然消滅となった。逸騎は、学童保育のあいだじゅう、施設の壁を相手にひとりで捕球の練習を繰り返したり、空に向かってボールを投げたりしていた。

小学四年生の兄は、妹の相手をするのが何やら照れくさいのか、学童保育の教室では丹華と一緒に過ごすことはなかった。帰宅時間になると、「帰るで」とひと言、ぼそりと声をかけて教室を出た。丹華は、むっつりと黙って歩く兄の後ろを、足を引きずりながらけんめいについていった。

兄は、あくまでもそっけなかったが、妹がついてくるのを意識して、できるだけさりげなく、ぶらぶらするように、ゆっくりと歩いてくれていることを、丹華はちゃんとわかっていた。

午後六時頃、仮設に帰り着く。それからの一時間半は、テレビを見たり、雑誌を読んだり、思い思いに、ゼロ先生と燦空が帰宅するのを待つのだった。

きょうだいが帰ってくる頃を見計らって、近所の桂木のおばちゃんや佐々木のおばちゃんが、お腹空《なか》いたやろ、と夕飯のおかずやちょっとしたお菓子など、差し入れを持って現れることもよくあった。

あるとき、逸騎が、たまりかねたように丹華に言った。

——なあ、ニケ。晩ご飯、おれらで作らへんか？

おっちゃんが晩ご飯作ってんの見るの、なんかもう、おれ、耐えられへんねん、と。

それまでは、ゼロ先生が燦空を連れて帰り、それから夕食のしたくをしてくれた。仮設で暮らすようになるまでは、包丁など一度も握ったことがなかったらしい。慣れない手つきで、包丁をすとんすとんと落としているのだった。

ようやくできあがった食事を食べるのは、夜八時過ぎ。週に二回はカレーで、二回はチャーハン。あとはトンカツとかハンバーグとか、スーパーで買ってきたできあいの総菜《そうざい》がかわるがわるに出てくる。正直、すごくおいしいとは言えなかったが、一生けんめいおっちゃんが作ってくれたんや、と思うと、おいしいような気がしないでもなかった。

家がパン屋をやっていたこともあって、逸騎も丹華も、両親が調理するのを日常的に見てきた。幼い頃から、父にはパン作りを教えてもらった。小学生になってからは、逸騎は野球のほうに関心がいってしまったが、丹華は母が料理するのを手伝っていたから、包丁もゼロ先生よりは上手に使えたのだった。

先生があまりにも一生けんめい食事のしたくをしてくれるので、うれしいような申し訳ないような気持ちがあり、丹華は、なかなか言い出せずにいた。あたしがご飯作る、と。

だから、兄が言い出してくれて、丹華は、待ってました！　という気分になった。残り物の材料を使って、ふたりで協力し、最初はカレーを作った。いつものように燦空を連れて帰ってきたゼロ先生は、なんやええにおいがしよるぞ、と部屋に入ってきて、驚いた。

ほかほかのご飯と、とろりと甘辛いカレー。福神漬《ふくじんづ》けときゅうりの漬け物――これは桂木のおばちゃんの差し入れで、長田区住民のお約束、名物「ばらソース」をカレールーの上にかけて、できあがり。

きょうだいが力を合わせて、初めて作った夕食を、ゼロ先生は、うまい、うまい、うまい、うまい！　と絶賛してくれた。

――わし、こんなうまいカレーを食べたんは、生まれて初めてや。

ああ、なんや泣けてきたわ。

そう言って、しきりに目をこすっていた。

それから、夕食作りは、逸騎と丹華が担当することになった。

学童保育の施設には、午後四時半くらいまでいて、きょうだいは、復興途上の商店街へ行く。ゼロ先生から預かった「晩ご飯用財布」を持って、食材を買う。一日の予算は、四人分で千円だ。

最初は何をどう買ったらいいのかもわからなかったから、とにかく、商店街のおじさん、おばさんたちに尋ねることにした。いま、どの魚がおいしいの？　トンカツ作りたいねんけど、どんなお肉を使《つこ》たらええの？　ハンバーグするのに、材料は何を入れたらええの？　魚屋のおじさんも、肉屋のおばさんも、八百屋《やおや》のおじさんおばさんも、それはそれはていねいに、材料、作り方、味付けの秘密などなど、教えてくれた。誰もが、話しながらメモを書いてくれ、それがきょうだいの「ひみつのレシピ」になった。

そんなこんなで、ゼロ先生が帰ってくるまでに、いっそうの気合いを入れて食事を作り、ほかの家事もできるだけやっておくためにも、逸騎と丹華は、この春、学童保育に行くのをやめたのだった。

学童保育の教室の中で孤立して過ごすよりも、復興の足音が少しずつ聞こえ始めている商店街の人々に会いにいくほうが、丹華にはずっと楽しかった。

よう、きょうだい。今日もごっつうおいしい晩ご飯、ゼロ先生に作ったってや！　と、食料雑貨店のおやじさんが声をかける。

あんたらみたいな小《ち》んまいのが、一生けんめいがんばってるのん見てると、うちらもがんばらなあかん！　思うねん。と、そばめし店のおかみさん。

イッキ君は将来、一流の料理人になるかもしれへんで。あたしらも大変ばっかり言うてられへんな。みんなで力合わせて、前進せなあかん。

きょうだいが商店街に現れると、大人たちは、みんな、歓迎してくれるのだった。そして口々に、がんばりや、と声をかけてくれる。そして、自分たちもがんばらなあかん！　と決意する。

かつて丹華たちの家とパン屋があった商店街は、震災で火の海におおい尽くされた。あとに残ったのは、焼け落ちたアーケードの柱と、真っ黒な家々の残骸《ざんがい》だけだった。

焦土《しょうど》となったこの場所から、いったいどうやって立ち上がればいいのか。何もかも失って、立ち上がることなんてできるのだろうか。

残された人々は途方にくれ、新しい一歩を踏み出す気力もなかった。深く傷ついた心は、どんなものにも癒《いや》されようもなかった。

けれど――。

「こんばんは。佐元良です、お元気ですかあ」

仮設住宅のサッシ戸のひとつを、カラカラと引いて、ゼロ先生が元気よく声をかける。はあい、上がってや、と部屋の奥から声がする。テレビの前に、ちんまりと座ったおばあちゃん。ゼロ先生と由衣、そして丹華の顔を見ると、たちまち笑顔になる。

「ニケちゃん、また来てくれたんか。おおきに」

近くにちょこんと座った丹華の頭を、やさしくなでてくれる。

そんなふうにしてもらうのが、丹華は、やっぱり大好きだった。

4

大震災を経験して以来、丹華たちきょうだいは、暗い部屋で眠ることができなくなっていた。天井から下がっている蛍光灯《けいこうとう》の、ふたつの電球のうち、ひとつを消して、ぼんやり明るい中で眠りにつく。だから、夜中に目を覚ますと、眠っている兄や妹の顔をすぐ近くにみつけることができた。

丹華の寝ている場所は、仮設住宅の奥の六畳間。そこに、妹の燦空を真ん中にして、兄の逸騎、丹華のふとんが並べて敷いてある。ゼロ先生は、台所と六畳間のあいだにある四畳半の部屋で、ひとりで寝ている。

仮設に入居して最初の頃は、三きょうだいはえも言われぬ不安に胸がふさがり、子供たちだけで眠るのが怖かった。おっちゃん一緒におって、と寝るまえに、口に出したのは丹華だった。それで、ゼロ先生の分も含めて四つのふとんを無理やり敷いて、しばらくのあいだはみんなで一緒に眠った。

ゼロ先生は夜遅くまで、ボランティアの人たちに手紙を書いたり、役所への申請《しんせい》書類のようなものを作ったり、心療内科の専門書を読んだりしていたので、きょうだいたちは、三人でさきに眠るようになった。おれらだけで寝たかて平気や、と最初に口に出したのは、逸騎だった。電球をひとつ、ひもを引っ張ってぱちりと消して、三人で、ふとんの中で、ごそごそ、ごそごそ。最初に眠りにつくのは、決まって燦空。次に逸騎。丹華は本を読むのが大好きだったので、ふとんの中にも本を持ち込んで、薄明るい電気の下でページをめくる。けれど、ものの十分もしないうちに、うとうとと眠たくなってきて、本を開いたまま、すとんと眠りに落ちるのだった。

そうして、真夜中に、苦しそうなうめき声を聞いて目覚めることがときどきあった。

ううん、ううんと誰かがうなっている。重苦しい息づかいが聞こえてくる。学校やら毎日の家事やらで疲れ切っている丹華は、ぐっすり眠り込んでいるはずなのに、声が聞こえてくると、はっと目が覚めるのだった。

……誰の声？

いま、苦しそうにしてたん、誰？

左側をそうっと向いてみる。燦空が、すやすやと寝息を立てながら、おだやかに眠っているのが見える。その向こうでは、大口を開けて、逸騎が眠っている。叩いても起きないような寝顔だ。

兄も妹も、深い眠りについているように見える。隣室とのあいだにあるふすまは、ほんの少し開けられている。ゼロ先生の部屋の電気もすっかり消えて、ときどき、いびきが聞こえてくる。

……誰？　ううん、ううん、言うてたの。

もしかして、おっちゃん？

それとも……あたし？

薄明るい部屋の中で、天井から下がった電気の、四角い笠《かさ》をみつめてみる。

もしかすると、自分がとても怖い夢を見て、うなされて、自分自身の声に驚いて、目を覚ましたのかもしれなかった。

以前なら、怖い夢を見て、夜中に目が覚めたとき、となりに寝ている母のふとんにもぐり込めば、すぐにまた眠りにつくことができた。

ぐっすりと眠って、ふんわりと、パンが焼けるたまらなくいいにおいに包まれて、朝を迎えた。怖い夢を見たことなど、すっかり忘れて。

けれど、いまは、夜中に目覚めても、もぐり込む母のふとんはない。

兄のふとんにもぐり込むのは、照れくさい。隣室の、ゼロ先生のふとんにもぐり込むのは、もっと恥《は》ずかしい。

結局、自分のふとんの中で、体をぎゅっと縮こまらせて、四角い電気の笠をじいっとみつめることしかできなかった。

夜半に、ふいに目覚めてしまったさびしさ。もやもやと胸に募る水けむりのような思いを正確に表現できるほど、丹華は大人ではなかった。

そして、さびしいねん、と泣きながら、誰かのふとんにもぐり込めるほど、すなおな子供でもなかった。

わああん、わあああん、わああん。

ごほっ、ごほっ、ごほん、ごほん。けほっ、けほっ。

ううん、ううん。はあっ。ふうっ。

がたっ、がたっ、ごそごそ、ごそごそ。

あの地震のあと、避難所となった小学校の体育館で寝起きしていた何百人もの人たち。そのほとんどが、火災や倒壊で、帰る家をなくしていた。

体育館の床いっぱいに、ふとんや、衣服や、段ボールや、ゴミ袋などが広がっている。避難してきた順に、それぞれの人が敷きぶとん一、二枚分ほどを自分の場所として、そこで寝起きするようになっていた。

寝るとき寝間着に着替えるなどという、悠長なことはできない。着の身着のままで、ふとんを被《かぶ》って横になる。

館内には暖房設備がない。石油ストーブなどは余震で倒れたら危ないからと、置いていない。凍《こご》えそうに寒い夜を、みんな、持っている限りの衣服を着込んで、ふとんにもぐり込んで過ごすしかない。

丹華たち三きょうだいも、体を寄せ合って夜を過ごした。三人で、ひとつのふとんに入った。燦空は逸騎の胸にしがみついて、お母ちゃん、お母ちゃんと言いながら、いつまでもぐずぐずと泣いた。そのうちに、泣き疲れて眠りにつくのだった。

逸騎は、泣くな燦空、泣いてもしゃあないやろと、小さな妹をけんめいになぐさめたが、やはりなぐさめ疲れて眠りに落ちる。丹華だけが、あおむけに寝そべって、いつまでも眠れずに、ぼんやりと宙を仰いでいるのだった。

わああん、わああん、わああん。

ごほっ、ごほっ、ごほん、ごほん。ううん、ううん。

薄明るい体育館のあちこちから、いろいろな声、物音が聞こえてくる。子供の泣き声、咳をする音、苦しそうにうなる声。

丹華は、体をぎゅっと縮こまらせながら、高い、高い体育館の天井からぶら下がっている水銀灯をみつめる。いつまでも、いつまでもそうしている。

けがをした右足が、ときどきうずく。ゼロ先生が持ってきてくれた薬を飲んで、いまのところ、なんとか痛みをがまんしている。痛いと言えば、すぐに病院に連れていかれて、入院ということになってしまうだろう。それだけは、いやだった。


震災が起こった日、長田区の学校の体育館は、けが人と避難者で埋め尽くされた。別の学校の体育館のいくつかは、遺体安置所になっていた。

丹華たちが取り急ぎ身を寄せた避難所に集まっていた人は、数百人を超えていた。震災直後は、人々は混乱し、たびたび起こる余震に悲鳴を上げ、泣き声や怒声が館内に満ちていた。誰も経験したことのないような不安が、暗雲になって体育館をおおい尽くしていた。

どうやら骨折、打撲《だぼく》、裂傷《れっしょう》などをいっぺんに負ってしまったらしかったが、丹華は大けがをしていても、病院に搬送《はんそう》される優先順位が低かった。ゼロ先生が応急処置をしてくれて、いちおう容態が安定していたのと、意識がはっきりしていたからだ。

丹華も、自分だけが病院に運ばれて、避難所へ帰ってこられなくなることが怖かった。どうしてもどうしても、兄と妹とだけは、離ればなれになりたくなかった。

丹華の容態を見守っていてくれたゼロ先生は、震災から二日たって、丹華に尋ねた。

「ええか、ニケ。ほんまのことを言うてくれ。いますぐ入院せんかて、大丈夫か？」

丹華は、足に熱も痛みも感じていたが、問われてすぐに大きくうなずいた。口をぎゅっと結んで、不安で目をうるませている丹華の顔をのぞき込んで、ゼロ先生は、「ほんまにか？」と重ねて訊いた。

「わしもほんまのことを言うで。病院のほうがいっぱいいっぱいで、いますぐ君を入院させるんは、難しそうなんや。ちょっとさきになってしまうかもしれへん。それでも大丈夫か？」

ぎゅっと口を結んだままで、丹華は、もう一度、できるだけ力強くうなずいた。

そして、言った。

「ニケ、ここにおりたいねん。ひとりで病院に行くんは、いやや」

ほんとうの気持ちを口にしたとたん、涙が、じわっとこみ上げた。そして、そのまま、こぼれてしまった。

泣きたくなかった。泣けば、小さな妹が不安がって、一緒に泣くだろう。兄だって、泣きたいのをずっとがまんしているのだ。だから、絶対に泣いてはいけない。

震災の直後から、丹華は、がまんしてがまんして、一度も泣かずにがんばった。けれど、自分ひとりだけが、兄と妹と引き離されて入院することを想像したら、思わず涙がこぼれてしまった。

そして、ほんとうのほんとうは、ゼロ先生に「ほんまのことを言うてくれ」と言われたのが、丹華は、なんだかうれしかったのだ。

ほんとうは、さびしい。ほんとうは、苦しい。ほんとうのほんとうは、ひとりになるのは絶対にいや。

そんな思いを口にしたらだめだ。兄だって妹だってがまんしているのに、自分だけ、本音を言ってしまったら、だめなのだ。

丹華は、ほんとうのことを言わないように、一生けんめい、自分の心にブレーキをかけていた。それなのに、ゼロ先生に促《うなが》されて、ふっと心がゆるんだ。

一度こぼれてしまった涙は、そのあと、もう止めることができなかった。丹華は、それでも、声を上げるのだけはどうにかがまんして、うっく、うっくとしゃくり上げながら、思う存分、涙を流した。

ゼロ先生は、じっと、静かなまなざしで、横たわる丹華を真上からみつめていたが、そっと手を伸ばして、丹華のほっぺたの涙を、かさかさの親指でふいてくれた。そして、「あほやなあ」と、とてもやさしい声でつぶやいた。

「ひとりになることなんか、あらへん。絶対に、君も、兄ちゃんも、サンクも、ひとりになんかさせへん。あほやなあ、子供のくせに。そんなこと、心配しとったんか。ほんま、あほや」

あほや、あほやと言われて、丹華は、「あほちゃうわ」と言い返した。それでも、そんなふうにゼロ先生に言われたことが、おかしなくらいうれしくて、新しい涙が、またあふれてしまった。


そうして、それから三日後に、丹華は、ゼロ先生に付き添われて、ようやく病院へ行った。

最初は、病院へ行くこと自体に不安を感じて、行きたくないと言い張ったのだが、ひとりには絶対にしないからと、ゼロ先生は約束してくれた。それで、ようやく行く気になった。

長田の街中は、まだ救急車もろくに走れない状況だった。それなのに、避難所では、急病人や容態が悪化したお年寄りや子供が出始めて、ひっきりなしに救急隊員が駆けつけ、深刻な病人やけが人は、ヘリコプターで搬送されていた。

丹華も歩くことができなかったが、ボランティアの医療チームの青年たちが、担《たん》架《か》に乗せて運んでくれた。逸騎と燦空は、不安そうな瞳を向けていたが、ゼロ先生に「ここを動いたらあかん。必ず帰ってくるから、それまで待ってるんやで」と言われ、すなおにうなずいた。

ゼロ先生は、その日いちにち、ずっと丹華に付き添ってくれた。病院に着いてからも、手術をするために麻酔で丹華が眠ってしまうまで、とにかくずっと丹華のそばにいて、手を握ってくれていた。

丹華は、不安で胸が張り裂《さ》けそうだったが、ゼロ先生が握り続けてくれている自分の手が、ぽかぽかして、そこだけが別の生き物のように力がみなぎっていることに気がついた。

ゼロ先生に握られている手は、丹華の体じゅうに力をどんどん送り込んで、泣いたらあかん、泣いたら負けやで、と励ましてくれているようだった。

丹華たちの避難所で、ボランティア医療班の受け入れ窓口になっていたゼロ先生は、ほとんど眠っていないんじゃないかと思われるほど、朝も昼も夜中も働き詰めに働いていた。震災まえから地域で頼りにされてきた先生のところには、ひっきりなしにありとあらゆる依頼や苦情や泣き言が届けられた。ゼロ先生は、そのひとつひとつに正面から向かい合って、できる限りの時間を割いた。そのぶん、自分が食事をしたり眠ったりする時間を削《けず》っていたのだった。そして、何の薬だろうか、毎日必ず何種類かの薬を飲んでもいた。

そんな忙しいゼロ先生が、その日、いちにち、丹華のためにぜんぶの時間をくれたのだ。

丹華の心は、おっちゃんごめんなさい、という気持ちと、おっちゃんを独り占めできてうれしい、という気持ちとで、いっぱいにふくらんでいた。

手術をするのはとても怖かったが、ゼロ先生がいてくれたから、何度も何度も「大丈夫や」と励ましてくれたから、どうにか泣かずに歯を食いしばった。

大丈夫やで、ニケ。

おっちゃんが、ずうっと、ついとるさかい。

ゆーっくり、息を吸って。ゆーっくり、一から十まで、数えるんや。

いち……に……さん……し……ご………。

麻酔ですっかり眠り込んでいたあいだに、丹華は、夢を見ていた。とてもきれいな、不思議な夢。

色つきの夢だった。青い空が、はっきりと見えた。

小学校の校庭だろうか、広々とした地面が見える。はるか彼方《かなた》に地平線が見えて、その上に真っ青な空が広がっている。

夢の中で、丹華は、ふわっと空中に浮かんでいる。あんなにも痛かった足が、体が、すっかり重力から解放されて、悠々と宙を舞っている。まるで、小鳥になったみたいだ。

校庭には、逸騎と、燦空がいる。楽しそうに、ボール遊びをしている。燦空が、きゃっきゃっと声を上げて笑っている。逸騎がボールを、空に向かってぽーんと投げる。弧を描いて落ちてきたボールを、受け取ったのは……。

あ……お父ちゃん。お父ちゃんや！

ボールをキャッチして、いくで、イッキ！　と投げ返したのは、父。やさしくて、おおらかで、パンを作るのが誰よりも上手な父だ。

みんなの頭上高くに浮かんでいる丹華は、お父ちゃん！　とひと声叫んで、地面に下りていこうとする。下へ、下へ、足をくっつけようとして、力を下半身に集めて踏《ふ》んばるのだが、空中で足をばたばたさせるばかりで、どうもうまくいかない。足に力を入れると、ずきんと痛む。そのたびに、うめき声が口をついて出る。ううん、ううんとうなりながら、丹華は必死に着陸を試みる。が、どうしてもできない。

なんで、なんでやの？

なんで、ニケだけ、みんなと違うの？　こんなふうに、鳥みたいに、飛んでんの？

あたしは、にんげんと違うの？　もしかして、おばけ？　ゆうれい？

あたし、死んでしもうたん？

せやから、お父ちゃんのこと見えるん？

きっと、そうや。あたし、死んでしもうたんや。

そしたら、あたし、お父ちゃんとお母ちゃんのとこ、行けるんかなあ。

もういっかい、お父ちゃんとお母ちゃんと、一緒におれるんかなあ。

せやけど、あたしが死んでしもうたら、イッキ兄ちゃんと、サンクは、ふたりきりになってしまうんかなあ？

そうかあ。……ごめん、兄ちゃん。ごめんね、サンク。

あたしら、もう、会えへんねんなあ。

……おっちゃんにも。

ごめんね、おっちゃん。ずっと病院までついてきてくれたのに。

あたし、死んでしもうた。

ごめんね、おっちゃん、ごめんなさい。

もう、会えへんねんなあ……。


丹華は、うっすらと目を開けた。

いま、どこにいるのか、わからなかった。ぼうっとして、まだ夢の中にいるような気がした。

手術が終わって、病院のベッドに横たわっているのだということが、なかなか思い出せない。体が重たく、水の底に沈み込んでいくようだ。

ベッドの周りには、ぐるりとカーテンが垂《た》らされている。その向こうに、人影が見える。

ふたつの大きな影。丹華は、ぼんやりと焦点の合わない目で、その影が揺らめくのを、幻《まぼろし》でも見るように眺めた。

「とにかく、おれの気持ちは、もう変わらへん。決めたんや。この街を出るって」

低い、静かな声が聞こえてくる。聞き覚えのない、男のひとの声。

「何を言うてるんや、こんな大変なときに……。お前みたいな腕のええ医者がおらんようになってもうたら、助かる命も助からんやないか」

あ……と、丹華は、目を見開いた。

……おっちゃんの声や。

「親父が助けたったらええやないか。わしは人助けするために生き残ったんやて、自分で言うとったやないか」

知らない声が、語気を強めた。ゼロ先生の声が、すぐに言い返す。

「けが人はわしの専門外や。いまは非常時やし、応急処置程度のことしかでけへんのは、お前かてわかってるやろ」

「おれかて、こんな手術は専門外なんや。今回だけは特別にやったけど……専門外のオペがどれほど危険なことか、親父がいちばんわかってるはずやろ」

ゼロ先生が、ぐっと息をのんだ。ふたつの影の片方が、枯《か》れかけたひまわりのように、うなだれた。

「すまん。……こうでもせえへんかったら、この子は……この子の足は、あかんようになってしまうとこやったんや。お前のおかげで、助かった……礼を言うわ」

「礼やて?」嗤《わら》うように、男のひとの声が言い捨てた。

「礼なんか、いらんわ。なんぼ礼を言われたかて、おれは……おれは、あんたの顔なんか、もう見とうない。あんたのおるこの街には、もうこれ以上、いたくないんや」

男のひとの声は、熱を含んで震えていた。どうしようもない怒りと、悲しみとが、その声にはこめられていた。

やめて。お願い。やめてください。

動かない体で、出せない声で、丹華は、カーテンの向こうの見知らぬ誰かに語りかけた。

おっちゃんを、いじめんとって。おっちゃんを、悲しませんとって。

誰か、知らへん人。お願いやから――。

「おれは、あんたを、一生許さへん」

震える声が、もう我慢できない、というように言った。その声は、やがて、涙声に変わっていった。

親父。あんたは、おふくろを、見殺しにしたんや。地震が起きた直後は、おふくろはまだ生きとった言うたやないか。

あんたは、燃え盛る家の中におふくろを残して、自分だけ助かった。自分で、そう言うとったやないか。

おふくろを助けへんで、見ず知らずの子供を助けるて――。

あんたは、鬼や。悪魔や。人でなしや。

覚えとってくれ。今日から、おれとあんたは、もう、父親でも息子でもあらへん。赤の他人や。

おれは、来週、この街を出る。おふくろの命を奪った、この街を。

このさき、一生、もう、ここへは戻らへん。あんたとは、もう会わへん。

このさき、一生。死ぬまで、いや、たとえ死んでも――。

ゼロ先生を呪《のろ》う言葉を耳にしながら、丹華は、再び遠のく意識の中で祈り続けていた。

お願い、助けて。おっちゃんを助けてあげて――。

5

金曜日、午後七時過ぎ。ゼロ先生の仮設住宅回診が終わった。

先生と、由衣と、丹華、いつものように、三人並んで、コンクリートで舗装《ほそう》された路《みち》を歩いていく。震災のあとに、きれいに舗装し直された道路だ。真新しい街灯が、道路のずっと向こうまで照らしている。

ブルーシートでおおわれた屋根はずいぶん少なくなった。とはいえ、長田の街では、すきまだらけの風景がふつうになってしまった。整地された空き地があちこちにあり、一帯が焼け野原になった商店街の周辺には、ぽかんと大きな空白が街の真ん中にできていた。

すぐにでも商店街を再建したいというのが住民の気持ちではあったが、「災害に強い街づくり」をするということで、長田一帯で大型の開発が行われることになりそうだった。

経験したこともないような大災害だったのだ。地域だけの力でなんとかなるような規模ではない。行政が介入せざるを得ないだろうが、住民が望んだような開発になるかどうか、誰にもわからない。

　そして、いま、長田の人たちが、何を話し合い、どんなふうに行政と協議をしているのか。大人の世界のできごとは、丹華にはわからなかった。

「なあなあ、ゆい姉。いまからな、ニケんち、来ぉへん？　ほんで、一緒に晩ご飯、食べへん？」

　丹華は、手をつないでいる由衣の横顔を見上げながら、そう尋ねた。

　回診を手伝うために、三宮から長田へやってくる由衣は、ときどき、丹華たちが暮らす仮設住宅に立ち寄って、一緒に食事をしていくことがあった。

　金曜日には、カレーライスを、兄の逸騎が準備してくれている。兄も、妹の燦空も、由衣が立ち寄ると大喜びなのだ。

　逸騎は、いつも、いちばんいいお皿――近所のおばさんからもらった新品の――に、山盛りにご飯とカレーを載せて、福神漬けもいっぱいに載せて、由衣に出す。燦空も、由衣のとなりに陣取《じんど》って、はしゃぎながら食べる。いつも地味な食卓が、由衣が来ただけで、ぱっと明るくなるのだ。

　だから、丹華は、金曜日にはいつも、由衣を一生けんめい誘うのだった。

由衣は、三回に一回くらい、誘いに乗ってくれた。でも、三回に二回は、「ごめんね、寄せてもらいたいねんけど、実はまだ、これから帰ってお仕事やねん」と、とてもすまなそうな顔をして、断るのだった。

「ごめん、今日はちょっと……なるべくはよ帰るて、お母さんに言うてしもうたから」

その日もまた、由衣は、とても残念そうな顔で、そう返事をした。

「私、いっつも遅く家に帰るでしょ？　たまにははよ帰ってうちでご飯食べなさいって、怒られてしもうたんよ。せやから、また今度ね」

丹華が、えー、とつまらなそうな声を出すのと同時に、ゼロ先生が言った。

「お母さんにはすまんのやけどな、由衣。今日は、ちょっとこの子らと、晩飯食うていってくれへんか」

由衣は、不思議そうな顔になって、ゼロ先生を見た。いつもは、「あんまり由衣を困らせるんやないで、ニケ」と、どちらかというと、丹華をいさめるほうに回るのに。

「今晩、長田区の開発について、行政側との話し合いがあるんや。ええ加減に話を詰めへんかったら、復興にブレーキがかかったままになってまう。今日は山場やし、遅くなりそうなんや」

ゼロ先生の口調は真剣だった。由衣は、小さくひとつ、ため息をつくと、にこっと笑って、

「わかりました。母には、電話を入れときます」

と返事をした。わあっ！　と丹華は、躍《おど》り上がって喜んだ。

「すまんなあ。君には迷惑ばっかりかけてしもうて……」

ゼロ先生がいかにも申し訳なさそうな顔を作ってみせると、

「よう言いますね。そんなん、全然思ってはらへんくせに」

由衣に言われて、「あかん。バレてるわ」と、先生は舌を出した。その顔を見て、丹華は、声を立てて笑った。

「先生、ちょっと働き過ぎやから……あんまり無理したらあきませんよ。お薬は、飲んではるんですよね？」

「ああ、わかっとるて」

ゼロ先生は、由衣と丹華の顔を交互に見て、ちょっと得意そうに言った。

「実はな。今日は特別に、心やさしき由衣と、いつもわしの帰りをおとなしく待ってくれとるきょうだいたちのために、スペシャル・ディナーができるレストランを

予約したんや」

ええっ、と由衣と丹華は、同時に声を上げた。

「ほんま？　あたしら、レストラン行くん？　レストラン？　ほんまに？」

丹華が、ぴょんぴょん飛び跳《は》ねて言うと、「おう。もちろんや」と、ゼロ先生が胸を張った。

「わしのおごりやで。いまから、いっぺん仮設に寄って、逸騎と燦空も一緒に、店の前まで連れてったる。さ、行こ、行こ」

仮設住宅に帰ると、案の定、カレーのにおいが外まで漂《ただよ》っている。丹華は、ドアを開けると、元気いっぱいに「ただいま！」と声をかけた。

「兄ちゃん、すごいねんよ！　これから、ゆい姉と一緒に、『すぺしゃるでなー』やで！　レストラン行くねんで！」

「ええっ。ほんまか⁉」

台所に立っていた逸騎が、玄関のほうを振り向いて答えた。顔が、ぱあっと明るく輝いている。

「ああ、ほんまや。すぐ行くで。窓、鍵《かぎ》かかってるか。財布はいらん、わしのおごりやからな」

後ろから入ってきたゼロ先生が、玄関先に回診用のかばんをどさりと置いて、明るい声で言った。

「うわ、わ、わ、わ。ほ、ほんまに？　ほんまに？　レストラン？　ゆい姉と一緒？　あかん、おれ、そんなとこ行くようなええ服持ってへんし。どないしよ？あ、タイガースの帽子《ぼうし》被っていってもええ？　ヘンかな？　せや、サンクの服は？こいつ、ぼろっちい服しか持ってへんで！　なあおっちゃん、どないしよ？」

逸騎は、面白いほどあわてている。その様子を見て、ゼロ先生は、楽しそうに声を上げて笑った。

「なんや、イッキ。お前、肝《きも》っ玉《たま》ちっさいなあ。きちーっと、由衣のことエスコートせなあかんで。ほれ、タイガースの帽子、ちゃんと被らんかい。大丈夫や、そないに堅苦《かたくる》しいところとちゃうから」

そうして、ゼロ先生に連れてこられた「レストラン」は、長田名物「そばめし」の店・ながた軒《けん》だった。

「なんやねん！　だまされたっ！」

ゼロ先生が「ほな、わしはここで」と涼しい顔で去っていく後ろ姿に向かって、逸騎が思いっきりタイガースのキャップ帽を投げつけた。由衣は、お腹を抱《かか》えて大笑いし、笑い過ぎて目に涙を浮かべている。

テレビドラマに出てくるような高級レストランを思い描いていた丹華は、ながた軒の入り口に下がっている薄っぺらいのれんを見て、ぽかんとしてしまったが、

「せやけど、ニケ、『でなー』のレストランより、こっちのほうがええな」

にこっと笑った。由衣は、ゼロ先生がいつもするように、ニケの頭をくしゃくしゃとなでて、言った。

「ほんまやね。私も、こっちのほうが、ずうっとええわ。なあ、サンクちゃん？」

燦空は、うん！　とうなずいて、やっぱりにこっと笑った。

「サンク、そばめし、だあい好き！」

四人は、ながた軒ののれんをくぐった。

「いらっしゃーい。あれっ、さもとら医院の三きょうだいやないの。どないしたん？　今日は、むっさいおっちゃんと違《ちご》て、べっぴんのお姉さんと一緒やんか」

鉄板のあるカウンターの向こうから、ながた軒の名物おかみ・畑中《はたなか》のおばちゃんが声をかけてきた。

「こんばんは。初めまして、ゼロ先生の回診をお手伝いしている、石塚由衣です」

テーブルに水を運んできてくれたおばちゃんに、由衣があいさつをした。

「へえ、ほんまに。ゼロ先生手伝うてるゆうたら、あんたも『心のお医者さん』やの?」

「私は、ほんまの駆け出しやから……。ゼロ先生の足もとにも及びません」

「ああそうなんやね。あんなむっさいおっちゃんでも、こんなべっぴんのお姉さんに尊敬されとるんやねえ」

そこで、逸騎が口をはさんだ。

「おっちゃんは、ゆい姉より、ちょっと長いことお医者やっとぉだけや。ゆい姉かて、仮設のみんなに『そんけい』されとぉで」

「そやねん。仮設のおじいちゃん、おばあちゃん、みーんな、ゆい姉が来ると、めっちゃ喜ぶねん。みんな、ゆい姉が大好きやねん」

あたしもや、と思いながら、丹華が言った。

「わっ。なんかうれしい」と、由衣は微笑んで、ちょっと赤くなった。

「そう、よかったやんか。あんたら、ええお姉さんがでけて。注文、どないする?そばめしでええか?」

おばちゃんが、にこにこしながら訊いた。

「はい! そばめし、食べたいです。私、これが初体験なんで」由衣が言うと、

「よっしゃ。長田名物、天下一品のそばめし、作ったるでえ」と、おばちゃんは、腕まくりして、カウンターの中へ戻っていった。

そばめしは、戦後まもなく、長田区のお好み焼き店の店員が始めた。残り物の冷やご飯と、焼きそばを混ぜて作ってみて、と客にリクエストされ、やってみたら意外においしい。試しにお店で出してみると、評判になった。以後、「長田の味」として、すっかり定着した。

長田の人たちは、大人も子供も、そばめしが大好きである。震災後、復興祭りなどでも、そばめしが振る舞われ、地元の人たちを大いに元気づけた。

震災から一年たって、ようやくながた軒が仮設の店舗にのれんを出した。ゼロ先生も、長らくながた軒に通っていたひとりだった。先生に連れられて、三きょうだいが店に現れたとき、畑中のおばちゃんは、思わず涙した。

——大変やったなあ、あんたら。ほんまに、よう無事で……。

これからは、きょうだい三人、力を合わせて、お父ちゃんお母ちゃんのぶんまで、がんばって生きていくんやで。

それから、ゼロ先生にも、ほんまに大変でしたね、奥さん、残念なことで……とおくやみを告げた。

ゼロ先生は、何も言わずに、静かに微笑んだ。

——どないしはるの、先生。これから、さもとら医院は？

——まあ、仮設の生活のほうも落ち着いてきたし、避難所も順々に解散しよるさかい、近々、再開できる思《おも》てんねんけどな。せやけど、この子らもおるし、食事やら保育園の送り迎えやら、どないしよかと……。

この子らって……先生、この子ら、引き取らはったん？

ああ、せやねん。こいつらのお母さんの遺言《ゆいごん》でな。この子たちを頼んます、言われてしもて……。たまたま、あの日、「パンの阿藤」の前を通りかかってな。お母さんと、こいつらに、出会《でお》うてしもうたんや。

それから、おっちゃんは、丹華と燦空の頭をくしゃくしゃとなでて、言ったのだった。

——これも、運命や思とるねん。わしは、もう、家内も逝《い》ってもうて、天涯孤独。ひとりぼっちや。こいつらかて、身寄りもない。一緒に暮らすのは、自然なことや思てな。

ひょっとすると、家内が、あんたひとりやったらさみしいやろ、って、わしとこに送り込んでくれた子供らのような気がしてな。

ゼロ先生は、そこまで話すと、元気よく声を出したのだった。

――さあさあ、湿《しめ》っぽい話はやめや！　ひさしぶりに、畑中のおかんの天下一品のそばめし、食べるでえ！

「はい、お待ちどおさん。天下一品のそばめし、うまいでえ」

ほかほかと湯気の立つそばめしを皿に載せて、畑中のおばちゃんが丹華たちのテーブルへ運んできた。由衣と三きょうだいは、わあ！　と声を上げた。

「すごい！　これがうわさのそばめしなんやね。おいしそう！」

由衣が、目を輝かせて言った。

「せやねん。これが自慢のそばめしやねん。めっちゃ、うまいねんで」

逸騎が、自分が作ったように自慢げに言う。

「お腹、すいたあ。食べよ、食べよ」

丹華が割り箸《ばし》をみんなに配った。いただきま〜す、と全員、両手を合わせて、大きなそばめしにとりかかる。

「はふっ、あっつい。うわ、めっちゃおいしいっ」

由衣が素で喜んでいるのを見て、丹華はなんだかうれしくなった。ゆい姉も、自分たち家族の仲間入りをしてくれたような。

逸騎は、自分の皿のそばめしから、大きな豚肉のかけらを取り出して、ぽい、ととなりの由衣の皿に移した。

「あれっ。どないしたん、イッキ君？　食べへんの？」

由衣が訊くと、逸騎は、由衣と目を合わせないようにして、

「おれんとこに、いちばんでっかい肉、入っとぉ。せやから、ゆい姉に、やるわ」

由衣は、くすっと笑って、

「ありがとお。せやけど、私、こんなにいっぱい食べられへんかもしれへんから、大丈夫よ」

「ほんなら、兄ちゃん、お肉、ニケにちょうだい～」

丹華が割って入ると、

「あほ！　お前のんには、ようけ入っとるやないか！　お前にはやらへん！」

「なんでやの。兄ちゃん、ゆい姉にばっかりやさしいねんから。なんか、あやしいわあ」

「あほ！　あやしいことなんかあるかい！　ヘンなこと言うな！」

逸騎は、真っ赤になっている。由衣と丹華は、顔を見合わせて、くすくす笑った。

四人は、四つの大きなそばめしをたいらげた。一粒残さずお皿をきれいにして、

「あー、お腹いっぱいや」

「もう入らへん」

満足そうな顔で、お腹をさすっている。

「まあ、よう食べてくれたねえ。サンクちゃんも、残さんかってんな。えらいえらい」

畑中のおばちゃんが、コーラを運んできた。テーブルに瓶《びん》とコップを置いて、

「はい。これは、おばちゃんのおごりやで」

「やったあ！　ありがとう、おばちゃん」

逸騎が、瓶の口を四つのコップに寄せて、順にコーラを注ぐ。由衣が、楽しそうに言った。

「ほな、乾杯しよか。みんな、コップを持って。せえの」

「かんぱーい！」

コップをかちん、こちんと合わせる。おばちゃんも、お茶の入った湯呑《ゆの》みを持ってきて、「かんぱい」に加わった。

ときどき、ゼロ先生が晩酌《ばんしゃく》のビールを飲むときに、これをやってくれる。大人の仲間入りをしたみたいで、丹華も燦空も、「かんぱい」が大好きなのだった。

「ところで、由衣先生。最近、仮設でひとり暮らしのお年寄りは、どないしてはるの?」

子供たちがはしゃぐ様子を眺めながら、ふと、おばちゃんが由衣に尋ねた。

「以前、うちによう来てくれてはったおじいちゃんやおばあちゃんが、ぜんぜん姿を見せはらへんようになってしもうて……心配してるんよ。ときどき、ゼロ先生が来はったときに訊くねんけど、まあいろいろ問題はあるわな、とか言わはって、あんまり教えてくれはらへんねん」

由衣は、微笑んだ。そして、「ありがとうございます」と言った。

「おかみさんのように、地域の方が気にかけてくれはるのが、お年寄りにとっては大切なことなんやと思います。ご家族を失って、ひとり暮らしの方には、まるで自分だけが世界じゅうから取り残されたような気持ちになってしまうのが、いちばん堪《こた》える思うんです。たとえ体が大丈夫でも、心が冷えきってしまったら、元気がなくなってしまって、結局病気を誘発することになってしまいますから」

由衣が話すのを耳にして、丹華は、仮設を回診しているときに、何人かのお年寄りが、もうあかん、もうだめや、と涙を流したり、食欲がなくてなんにもする気がせえへんのです、と消え入りそうな声でつぶやいたりしていたのを、思い出した。

とあるおばさんを初めて訪問したとき、丹華にとってはショックなことがあった。丹華の姿を見るなり、あかん、あっちぃ行って、と、そのおばさんは顔を背《そむ》けたのだ。同居していた娘と孫を亡くしたその人は、孫と同じ年頃の丹華を見て、思い出してつらいから、と丹華が部屋に入ってくるのを拒否したのだった。

とっさの判断で、ゼロ先生だけが部屋に入り、由衣と丹華はドアの外にしゃがんで、先生の問診が終わるのを待った。

たいがいのお年寄りは、丹華の訪問を歓迎してくれ、頭をなでたり、やさしく手を握ったりして、かわいがってくれた。

丹華は、回診についていって、自分が何の役に立つのかわからなかったが、先生は、お前は一緒におるだけでええんや、と言ってくれた。由衣は、お年寄りには元気な子供が何よりのお薬になるねんよ、と。その言葉に背中を押されて、丹華は、先生の筆記用具入りの小さなバッグを抱えて、先生と由衣のあとを、ちょこちょことついて回った。

お年寄りに、よう来てくれたなぁ、ありがとう、と言ってもらえると、とてもうれしい。ニケちゃんはお年寄りに元気をあげてるねんよ、とゆい姉は言うけれど、丹華のほうが、おじいちゃん、おばあちゃんに元気をもらっているような気がする。

丹華のほんもののおじいちゃん、おばあちゃんは、丹華が三歳になるまでに亡くなってしまった。大きくなってから、たくさんのおじいちゃん、おばあちゃんができたような気がして、うれしかった。

だからこそ、おばさんに、あっちぃ行って、と遠ざけられたことが、丹華にはショックだった。

やっぱり、ニケ、おじゃま虫なんかなあ。

地べたにしゃがんで、ぽつりとつぶやいた。一緒にしゃがんでいた由衣が、そっと丹華のほうを見た。

——あのな、ゆい姉。あとでな、あたし、おばちゃんに、ごめん、言うてもええ？　もう来ぉへんから、来てもうてごめんね、って。

由衣は、首を横に振った。

——あやまらへんかて、ええねんよ。おばちゃんはね、しんどいことがいっぱいあって、ちょっとだけ、心の風邪《かぜ》を引いてはるねん。ゼロ先生が、きっと治してくれはるから。そしたら、また一緒に来て、おばちゃんのお話、聞いたげて。

由衣と丹華は、早春の夜の冷たい空気の中、一時間ほど、ゼロ先生が出てくるのを待った。そのあいだじゅう、丹華は、一生けんめい考えた。

心が風邪を引いてる、って、どういうこと？　くしゃみが出たり、はなが出たり、熱が出たり、するんかなあ。

心が風邪を引いたら、どうなるん？

せやけど、心って、どこにあるの？　見えるの？　触《さわ》れるの？

丹華は、ゼロ先生が言っていたことを、急に思い出した。

――わしと由衣はな、「心のお医者さん」なんや。

せやから、ひとりぼっちになってしもうた人、さびしいなあって感じとぉ人、心がもやもやして気分がふさぐ人らの相談に乗ってあげるんや。

回診を始めるときに、そう教えてもらった。心の診察をすることは、とってもとっても大切なことなのだと。

――心の診察って、どうやってするん？

丹華は、びっくりして訊いた。

ゼロ先生が医者であることは、もちろんわかっていた。けれど、けがをした人を治したり、風邪を引いた人に薬を出したりする、あの「お医者さん」なのだと、なんとなく思っていた。「しんりょうないか」というのも、その一種なのだと。

「心」というのは、小学三年生の丹華にとっては、わかるようなわからないような、不思議なものだった。

児童書や、マンガや、ゼロ先生がよく聴《き》いている歌謡曲《かようきょく》などで出てくる「心」という言葉。

「心」ってなに？　と誰かに訊いたわけでもないし、「心」ってこういうものだよ、と誰かに教えてもらったわけでもないが、なじみのない言葉ではない。

丹華の想像では、それは、目には見えないもので――ハートのかたちをしているのかもしれない――自分の中にもあって、たぶん、とても大切なもの。

だけど、見えないし触れない、なんだかよくわからない「心」を、どうやって診察するのか、丹華にはさっぱりわからなかった。

だから、思い切って、由衣に訊いてみた。

――なあ、ゆい姉。おっちゃんは、いま、あのおばちゃんの「心」を治そうとしてるん？　「心の風邪」って、どうやったら治るん？

由衣は、そっと微笑んで、答えてくれた。

――心っていうのは、誰にでも、ひとりにひとつ、あるものやの。目にも見えへんし、触ることもできへん。せやけど、心臓とか、頭とか、手とか足とか、体のいろんなところとおんなじくらい、大切な大切なものやねんよ。

大切な人が亡くなったり、お仕事や学校でしんどいことがあったりしたら、元気がなくなってしまうでしょ？　このまえの大震災で、そういう経験をした人、いっぱいいてる。……そう、ニケちゃんたちも、そうやったよね。

でも、どんなにしんどいことがあってもね。このままじゃあかん、元気出して生きていかなあかん、って、前を向いて歩いていけるようになるのも、「心」のおかげやねんよ。心が元気になれば、心が入っている体も元気になる。だから、そうやね、心って、人間の「エンジン」みたいな感じかな。

ニケちゃんたちも、しんどいことがあったけど、いま、こうして、元気でいられるのは、ゼロ先生とか、ご近所の人たちとか、ニケちゃんたちに元気でいてほしい！　って願っている人たちが、一生けんめい、ニケちゃんたちの心を動かそうとして、磨《みが》いたり、エネルギーを注入したり、一緒になって助けてくれたからと違うかな。ニケちゃんの心は、それに反応して、よし、元気出そうって、エンジンがかかって、ぐんぐん動き始めたんやと思う。

ゼロ先生は、仮設に住んではるひとりひとりのエンジンをかけようとして、がんばってはるねん。ひとりひとりが元気になったら、この町全体が元気になるでしょ。この町が元気になったら、神戸も、日本の国も、きっと元気になるはず。

せやからね。ニケちゃんが元気でいることは、とっても、とっても大切なことやねんよ。

今日のおばちゃんかて、心の風邪が治って、元気にならはったら、きっとニケちゃんが来たことを、喜んでくれはるよ。

せやから、ね。その日が来るのを、一緒に待とう――。

「おばちゃん。おっちゃんとゆい姉は、すごいねんよ。『心の風邪』かて、治してしまうねんから」

コーラを飲み干して、丹華は、畑中のおばちゃんに向かって元気よく言った。

「あらあら、ごっついなあ。ニケちゃん、先生らのお仕事、ちゃーんとわかってるんやな」

おばちゃんが、頼もしそうに言う。丹華が、えへへ、と照れ笑いすると、

「調子に乗るなや！」

逸騎が、向かい側から手を出して、おでこをぺちんと軽く叩いた。

「いったあ。何すんねん。そんなことしたら、ゆい姉に嫌われるねんからなっ」

「うるさい。生意気言うなや。子供のくせに」

「自分かて、子供やんかっ」

畑中のおばちゃんが、「やめえ!」と仲裁《ちゅうさい》に入った。

「もうええやないの。ほんまに、ケンカしいしい、この子らは、ずうっと一緒。仲ええんやからなあ。しゃあない、もう一本、コーラ追加や。もう一回、乾杯しよか。な?」

きょうだいは、わあっ! と手を叩いて大喜びした。

「ほな、もう一回。かんぱーい!」

かちん、こちんとコップを合わせる。飲み干したコーラは、心なしか、ほんのり大人の味がした。

6

凍えるような明け方に、大地が揺れ、空が燃え上がった。

あの震災の日から、二年と二ヶ月。

春まだ浅い、きんと冷えた空気の中で、街角のジンチョウゲが花を咲かせた。

丹華は、小学校三年生の学年を終え、春休みを迎えた。

休み明けには四年生になる。兄の逸騎は小学校六年生になり、妹の燦空は保育園の年長組に入る。

震災で壊滅《かいめつ》的になってしまった長田の街は、少しずつ、しかし着実に復興しつつあった。

一帯が炎に包まれて、跡形もなくなってしまった商店街も、店舗が造り直され、アーケードも造られて、真新しい商店街として生まれ変わった。

住宅も再建され、仮設住宅に入っていた人々は、徐々にもとの家に戻っていった。一方で、震災で家庭の働き手を失った人や一部の高齢者は、住宅を再建する経済力も気力もなく、そのまま仮設住宅に留まるか、賃料の安い公共の共同住宅に入居した。つまり、もともと住んでいた場所には、もう帰れなくなってしまったのだった。

いわゆる「震災孤児」たちも、それぞれの人生を歩み始めていた。

両親を失った子供たちは、その多くが祖父母やおじ・おばなど、親族に引き取られた。養護施設に入った子もいる。そして、丹華たちのように、血縁《けつえん》関係のない人の養子となった子供たちもいた。

街の様子は、ゆっくりではあるが、着実に、変わりつつあった。以前よりもずっときれいで、整然とした街並みや街路。にぎわいを取り戻した駅の周辺や店舗。けれど、震災のまえとあとでは、何もかもが一変してしまった。

被災した人すべての人生に、多かれ少なかれ、変化が訪れたのは間違いない。


三月になって最初の日曜日。朝から冷たい雨が降っていた。

がらんと空っぽになった、仮設住宅の一室。ゼロ先生、逸騎、丹華、燦空が、「ご近所さん」の佐々木のおばちゃんを囲んでいた。

おばちゃんは、その日、仮設住宅を出て、新しく造られた復興住宅に引っ越すことになっていた。

家族を震災で失って、ひとり暮らしだったおばちゃんは、神戸市が用意した住宅への入居が決まったものの、なかなか仮設を出ようとはしなかった。震災以来、ともに助け合って暮らしてきた仮設の仲間たちを、新しい家族のように感じていたからだ。

おばちゃんが入居予定の住宅は、長らく慣れ親しんだ長田の街ではなく、六甲山《ろっこうさん》の西側、神戸市北区に造られたものだった。

知らないところでひとりっきりで暮らすのは不安だと言うおばちゃんの代わりに、ゼロ先生が市にかけ合ってみた。長田区内に造られる復興住宅に、どうにか入居をさせてあげられませんか？　と。

しかし、何度かけ合っても、役所の返答はいつも一緒だった。

——お気持ちは、ようわかります。せやけど、同じように思ってはる方が何百人といてはるんです。ひとりの人の言うことを受け入れてしもたら、ほかの何百人の言うことも聞き入れなあかんようになってしまうんです。

みなさん、がまんしてくれてはります。……佐々木さんも、なんとかがまんしてもらえませんでしょうか。

再三にわたっての交渉がうまく運ばず、うなだれるゼロ先生に、佐々木のおばちゃんは、もうじゅうぶんや先生、と言った。

――私、ひとりでもやっていけるわ。心も体も、けっこう丈夫なほうやし……。震災のおかげ、言うたらおかしいけど、鍛《きた》えられた思てんねん。

わがまま言うてしもて、ほんまに、すみません。いらん仕事を、先生にさせてしもて……。

せやけど、あきらめんとお役所にかけ合ってくれはった先生の気持ち、ほんまにうれしかった。

先生のこと、佐元良三きょうだいのこと……この仮設の人らのこと、私、一生忘れませんわ。

そうして、仮設の仲間全員で準備を手伝い、引っ越し当日を迎えたのだった。

「おばちゃん。これ、プレゼント。兄ちゃんとあたしが作ってん」

小さな紙袋を、丹華がおばちゃんに手渡した。

「ほんまに？　なんやろ、開けてもええか？」

おばちゃんが訊く。逸騎と丹華は、同時にうなずいた。紙袋の中からは、くまやハートのかたちをしたパンが出てきた。

「うわあ、えらいかわいいやんか。これ、ふたりで作ったんか？」

「そやねん。ゆい姉んちのオーブン借りてな、作らせてもろたんや」

逸騎が、ちょっと得意げに答えた。丹華もすかさず説明をした。

「そやねん。まえから一回、パン作ってみたかってん。せやけど、オーブンがなかったし、でけへんかってん。そしたら、ゆい姉がな、うちにきて作ったら？　って、言うてくれてん」

きのう、逸騎と丹華は、三宮の由衣の自宅を訪ねていき、佐々木のおばちゃんのためにパンを作らせてもらった。

パンやケーキを作るのが得意な由衣の母と由衣が手伝ってくれたおかげで、ふっくらとつややかなパンが完成した。

試食をした由衣と由衣の母は、おいしいおいしいと絶賛してくれた。「きっとおばちゃんも喜んでくれはるよ」と、由衣のお墨付《すみつ》きももらったのだった。

「わしも、一個毒味させてもろたけど、けっこうイケるで」

ゼロ先生が言うと、「毒味言うなや」と、逸騎が先生をにらんだ。おばちゃんは、うれしそうに目を細めて、

「そうか、そうか。あんたらが、ふたりで……何よりのプレゼントや。おおきに、ありがとう」

ふたりに向かって、ていねいに頭を下げた。逸騎も丹華も、ちょっと照れて、笑顔になった。

「おばちゃん、これあげる」

今度は、燦空が、丸めて赤いリボンをつけた画用紙を差し出した。

「え？　サンクちゃんも、おばちゃんにプレゼントくれるんか？」

リボンを解いて画用紙を広げると、クレヨン画が現れた。ゼロ先生らしきメガネとひげのおじさんと、男の子とふたりの女の子が、笑顔で手を振っている絵。

「わあ、上手やなあ。サンクちゃんが描いたんか？」

うん、と燦空がうなずいた。そして、言った。

「おばちゃんが、いつでも、おっちゃんとか、兄ちゃんとか姉ちゃんに、会えるようにって。あ、あと、サンクにも」

おばちゃんは、じいっと絵をみつめていたが、あわててメガネを外すと、指先で両目をこすった。

「ありがとうな。……みんな、ほんまに……ありがと……」

うるんだ声で言うと、三きょうだいを両腕で抱き寄せた。

丹華は、おばちゃんの首にしっかりと抱きついた。うう、うう、とおばちゃんの泣き声を聞くうちに、胸のずっと奥が熱くなって、鼻の奥がつんとして、涙がじわっとにじんでしまった。

いつも、いつも、やさしかったおばちゃん。

かぼちゃの煮付けとか、きゅうりの漬け物とか、毎日、毎晩、「作り過ぎてもうたわ」と、笑顔で持ってきてくれた。

作り過ぎなんかじゃない。いつだって、丹華たちのことを心にかけて、余分に作って持ってきてくれたのだ。

ゼロ先生が帰ってくるまで、一緒に過ごしてくれたこともしょっちゅうだった。ゼロ先生がどうしても燦空を迎えにいけないときは、代わりに行ってくれたことも。

――さびしいこともあるかもしれへんけどな、ニケちゃん。あんたらは、ひとりやないんやで。

ゼロ先生がいてくれはる。おばちゃんも、仮設のみんなも、いっつもあんたらのこと見とぉねんで。

それから、あんたらのお父ちゃんもお母ちゃんも、姿かたちは見えんでも、あんたらとずうっと一緒にいてくれとぉんやで。

だから、あんたらは、大丈夫。何も気にせんと、ようけ遊んで、ようけ勉強して、ようけ食べて、ようけ眠って……大きなるんやで。

そんなふうに言って、丹華たちきょうだいを元気づけてくれた。

そのおばちゃんに、もう会えなくなる。

昨日までは、「また会えるよ」と由衣に言われたし、ゼロ先生にも「しょっちゅう遊びにきてくれはるわ」と言われたので、会いたいと思ったらすぐにでも会える、と安心していた。

でも……。

今日から、向かいの部屋は空っぽになる。おばちゃんの笑顔は、もうそこにはない。

いつも漂っていた、お味噌汁《みそしる》や煮物のいいにおいは、そこからはもうしなくなるのだ。

おばちゃん。なんで行ってまうの？

行かんといて。ずっとここに、仮設におって。

丹華は、そう言いたかった。けれど、言わなかった。

そんなことを言ったら、おばちゃんが困ってしまうと知っていたから。

言葉にできないぶん、丹華は、おばちゃんに抱きしめられて、思い切り泣いた。

丹華につられて、燦空も泣き出した。逸騎も、しきりに腕で目をこすった。
ゼロ先生は、うるんだ目で、しっかりと抱き合う四人を、ただ静かに見守ってい
た。

街角で桜のつぼみがほころび始め、やがて、やわらかな春の日差しが降り注ぐ頃、
いっせいに開花した。
逸騎と丹華が通う小学校の校庭に並ぶ桜の木は、あの震災にも耐え、春が巡りく
れば、以前と同じように枝いっぱいに薄くれないの花をつけた。
丹華は、四年一組に進級した。まえのクラスで一緒だったはるかも、また同じク
ラスになった。
「よかったあ。ニケちゃんとおんなじクラスになれて。誰とも一緒にならへんかっ
たら、どないしよ思とってん」
放課後、はるかは、廊下をゆっくり歩いて帰ろうとしていた丹華のところへ飛ん
できて、丹華の腕に自分の腕を絡めながらそう言った。
「ニケちゃんは、まだ仮設におるんやろ？　遠いとこへ引っ越ししたりせえへんの

やろ?」

三年生のときに同じクラスだった何人かの子供たちは、長田以外の場所に造られた復興住宅へ転居するために、この春、引っ越していった。転校はしなくとも、もともと家のあったところに新しく家を建て直して、仮設を出た子供たちも多い。

ひとつ、またひとつと、仮設住宅は閉鎖《へいさ》されつつあった。仮設住宅は、あくまでも「仮設」なのだから、いずれはそのすべてが閉鎖されるということは、丹華もわかっていた。

けれど、自分たちが住んでいる仮設がそうなってしまったら、そのさき、自分たちがどうなってしまうのか……そこのところは、わからなかった。

丹華たちがかつて住んでいた「パンの阿藤」は、跡形もなく消え去った。その跡地には、新しい建物が造られると聞いた。

ゼロ先生は、プレハブで造った仮設の診療所で、診察を再開した。それだって「仮設」なのだから、いずれ新しく造り直すのだろう。

そのときには、きっとゼロ先生も仮設を出て、新しい住居兼診療所に移り住むに違いない。震災のまえは、そうだったのだから。

ゼロ先生と一緒に、丹華たちきょうだいも、一緒にそこへ移り住めるのかどうか……丹華にはわからなかった。

両親を失った丹華たちきょうだいを、ゼロ先生は「引き取って」くれた。苗字も、「阿藤」から「佐元良」に変わった。わしらはこれからもずっと一緒やで、と言ってもくれた。

けれど、「ずっと一緒」というのが、どのくらいの期間のことを言っているのか、はっきりとはわからない。

仮設を出るまでは一緒、ということだろうか。それとも、丹華たちが大人になるまで？

逸騎が大人になったら、どうするのだろう。「兄ちゃんが大人になったんやから、あとはお前らだけでがんばれや」と言われるのだろうか。

丹華も燦空も大人になったら、それぞれに、仕事をしたりお嫁にいったりするのだろうか。そうなったら、当然、ゼロ先生と一緒にいるわけにはいかない。

そもそも、大人になるってどういうこと？　どのくらいさきのこと？

「明るい未来を作ろう」「子供たちが希望を持てる未来を」などと、テレビやラジオで言っているけれど、未来というのが、丹華には理解できなかった。

きっと、目には見えないもの。けれど、ふわっと光に包まれているような……。

「心」というものがよくわからないのと同じように、「未来」というものも、明るいイメージはあっても、はっきりと思い浮かべることはできないものだった。

いつかやってくる「未来」の中で、自分は何をしているんだろう。

そのとき、ゼロ先生と、きょうだいと、一緒にいることができるのだろうか……。

「なあなあ、ニケちゃんは、まだ仮設から引っ越しせえへんの？」

丹華と腕を組んだままで、はるかが尋ねた。丹華は、うーん、と首をかしげて、

「わからへん。いつかは引っ越さなあかん、思うけど……」

「もともとおうちがあったとこへ引っ越すん？　それとも、遠くへ行ってしまうん？」

丹華は、また、うーん、とうなって、「わからへん……」と、煮え切らない返事をした。

「それやったら、遠くへ引っ越さへんって、ニケちゃんが言うたらええやん。転校するんはいやや、って。ほんなら、ゼロ先生かて、無理やり引っ越さへんのとちゃう？」

はるかの言う通り、丹華たちが絶対に引っ越さない、と言えば、あるいは、ゼロ

先生は聞き入れてくれるのかもしれない。けれど、そんなわがままを言い続けたら、お前らみたいな利《き》かん坊《ぼう》はもういらんわ、と言われて、施設に入れられてしまうかもしれない。

丹華は、あわてて、ふるふると、子犬のように頭を横に振った。

「そんなこと言うたら、あかんような気がする……」

「あかんことなんかあらへんよ。ゼロ先生、やさしいんやろ？　きっと、ニケちゃんが言うことやったら、聞いてくれるわ。なあ、そうして。なあ？」

なあ、なあと、はるかはしつこく丹華の腕を引っ張り続けた。あまり強く引っ張るので、不自由な片足が取られてしまい、丹華はその場に転んでしまった。あっと声を上げて、はるかも転んでしまった。

「痛あい……」

廊下に膝《ひざ》をついて、はるかはよつんばいになった。よほど痛かったのか、半分べそをかいている。丹華は、びっくりして、「大丈夫？」と、はるかのほうへ手を伸ばしたが、はるかは無言でその手を振り払った。

「もうええわ。うち、ニケちゃんと離れるんがいややから、言うてただけやのに……ゼロ先生やったら、ニケちゃんの言うこと、なんでも聞いてくれる思うたから、言うたのに」

はるかは、怒った口調で、丹華に向かって言った。

「先生かて、奥さんが震災で死んでもうて、ひとりぼっちになってもうたんやって、ママが言うてたもん。せやから、ニケちゃんらのこと引き取ったんやろ？　ちょっとくらい、ニケちゃんがわがまま言うたかて聞いてくれるんちゃうの？」

丹華は、じっと黙りこくって、下を向いた。どう答えていいのか、わからなかった。

はるかは、「もうええわ。うち、ひとりで帰る」と怒った口調のままで、廊下を走っていってしまった。


四月の終わり、明日からはゴールデンウィークが始まるという晩のこと。

いつものように、ゼロ先生と燦空の帰りを待ちながら、逸騎と丹華は、夕飯のしたくをしていた。

逸騎は、最近、めっきりと料理の腕が上がった。以前は何かといえばカレーやチャーハンばかりだったが、餃子《ぎょうざ》、春巻き、オムレツ、鮭《さけ》のムニエルなど、商店街のおじさんおばさんに作り方をメモに書いてもらい、よくよく研究して、いろいろなメニューに挑戦していた。鮭のムニエルにはパセリとレモンのスライスを添える気合いの入れようだ。

逸騎の将来の夢は、料理人になること。「お前は絶対天下一のシェフになるで」と、ゼロ先生がほめるたびに、いっそう気合いを入れている。そんな兄の様子を見て、丹華は、すごいなあ、と頼もしく思うのだった。

丹華は、大きくなったら、両親のように「パン屋になる」ことが夢だった。けれど、心のどこかで、怖いような気もしていた。パンを作ったり、料理をしたりするのは、楽しいけれど、ちょっと怖いのだ。何が怖いのかわからないが、なぜだか、自分はそれをしてはいけないような気がしていた。

その晩のメニューは、とんかつだった。丹華が肉に衣をつけて、逸騎が油で揚げる。シュワーッと肉が油の中に浮かび上がるのを、慎重に箸で返す。丹華は、「おいしそう……」と、尊敬のまなざしで逸騎の箸さばきをみつめていた。

「ただいまあ」

そのとき、台所横の玄関のドアが開いて入ってきたのは、燦空と、ゼロ先生ではなく、なんと由衣だった。

「あれっ、ゆい姉や！」と、丹華は、びっくりして言った。

「どないしたん、ゆい姉？　兄ちゃんのとんかつ、食べにきてくれたん？」

「あ、今日はとんかつなんやね。ええときに来たなあ」

ふふっと笑って、由衣は、靴を脱いで部屋に上がった。

「うわ、なんで今日に限ってゆい姉が……今日は、いっちゃん安い肉やのにい。来るなら来るって、さき言うてくれやあ」

逸騎が、あわててキツネ色に揚がったとんかつをアルミのバットに上げている。

「そっか、ごめんごめん」と、由衣は苦笑した。

「今日、ゼロ先生から電話があってね……急なご用事ができたから、サンクちゃんを迎えにいって、先生が帰るまで仮設におってくれへんかって。せやから、仕事が終わって急いで迎えにいったんよ」

「急なご用事？　なんやの？」

丹華が訊くと、由衣はにこっとして、

「何やろね。帰ってきはったら、先生から教えてもろて。さ、ご飯食べよ。イッキくーん、お腹空いたあ」

思いがけない由衣の訪問だったが、三きょうだいは大喜びで、一緒に食卓を囲んだ。

結局、ゼロ先生が帰宅したのは、夜十一時近くのことだった。

由衣は、先生が帰ってくるまで、ずっと丹華たちと一緒にいてくれた。トランプやゲームをしたりしてはしゃいでいたが、三人とも、十時を過ぎた頃にふとんに入り、すぐにぐっすりと眠ってしまった。だから、先生が帰宅したことも、由衣が帰ったことも、ちっとも気づかなかった。

深夜、ふと、あのうなり声が聞こえたような気がして、丹華は目が覚めた。

夜中に、どこからか聞こえてくる、押し殺した泣き声のような、苦しげなうなり声。

ふすまが少しだけ開いていて、そこからとなりの部屋の明かりが漏《も》れ、ふとんの上に細長い筋を作っている。丹華は、ぼんやりした目をこすって、ふすまの近くまではっていくと、すきまから、そうっととなりの部屋をのぞいた。

蛍光灯の明かりの下、座卓の前で、ゼロ先生があぐらをかいて、こちら側に背中を向け、うなだれていた。

座卓の上には、写真立てが置いてある。ゼロ先生と、見知らぬおばさんと、見知らぬ青年が三人で写っている写真。それから、その横に、放り投げられた黒いネクタイ。

写真の中の先生と青年は、白衣を着て肩を組んでいる。ふたりのあいだにおばさんがいて、やさしい微笑みを浮かべている。

丹華は、もう一度、ごしごしと目をこすった。

見たことのない写真。

もしかして、あのおばちゃんは、おっちゃんの奥さん？　あのお兄さんは……誰やろ？

「なんでや……なんで、こんなことになってしまうんや……」

座卓の上に投げられていた黒いネクタイを握りしめて、ゼロ先生がつぶやいた。

「おれが、もっとがんばれば……役人の言うことなんか聞かへんで、ずうっとここにおってもろとったら……こないなことに、ならへんかったのに……」

独り言の声は、涙声だった。

丹華は、ふすまを開けることなく、そうっとふとんに戻って、横たわり、目を閉じた。ゼロ先生の嗚咽《おえつ》が、静かに聞こえてきた。

佐々木のおばちゃんが、引っ越し先の新居で、孤独死した。

丹華たちきょうだいが、ゼロ先生にそう知らされたのは、翌朝のことだった。

7

佐々木のおばちゃんがいなくなってしまった、さびしい春。

あれから、二度目の春が過ぎ、さわやかな五月のとある日曜日。

「おーい、準備でけたか？　そろそろ行くでえ」

ゼロ先生が、一階の玄関から、階段の上に向かって大声を出した。

「はあい。いま、すぐ行くぅ」

やっぱり大声で答えたのは、丹華。この春、小学六年生になった。

最近は髪をちょっと伸ばして、ポニーテールにしている。いつもは黒いゴムで留めるだけだけど、今日はちょっと特別なのだ。紺《こん》色と緑色のチェック柄のリボンをきれいに結ぼうとして、なかなか決まらない。どうしても、片方が短くなってしまう。

「おかしいな、なんでやろ」

何度も何度もやり直す。

「姉ちゃん、はよう。おっちゃん、待ってるしぃ」

燦空がさかんにせかす。小学校二年生になった燦空は、すっかりおしゃまになって、丹華以上に髪型には気をつかっている。とはいえ、毎朝、燦空のヘアスタイルを整えてやっているのは、丹華なのだった。

その日も、燦空の髪を整えてやっているのに、ああでもない、こうでもないと文句をつけられて、そうこうしているあいだに、自分のしたくをするのが遅くなってしまったのだ。

「あかん、どうしよ。このブラウスに、このスカートはちょっとおかしい気がしてきた。なあ、サンク、どう思う?」

白いブラウスに、タータンチェックの少し丈《たけ》が長めのスカートをはいてみたら、思いのほかお姉さんぽく見える。ちょっと大人っぽ過ぎるかなあ、と丹華は気になりだした。

「うん、なんやおばちゃんっぽい気がする」

燦空が意地悪なことを言う。

「ちょっと、なんやの。おばちゃんぽいて」

「せやかて、ほんまにおばちゃんっぽいんやもん。そんなかっこしてたら、片山《かたやま》のお兄ちゃんに『おばちゃんっぽい』言われるんと違う?」

ええっ、と丹華は情けない声を出した。

「あかん、あかん。それはあかん。ほな、これはなしや。なしなし。せやけど、何着てったらええねんやろ?」

あわてて、タンスの引き出しを次々に開けたが、

「あ、そうや。このまえ、ゆい姉にもろたカーディガン着たらええのんとちゃう? なあサンク、どう思う?」

「うん。あれやったらかわいい。おばちゃんっぽいのごまかせる」

「せやから、おばちゃんてなんやの!」

ふたりできゃあきゃあ大騒ぎをしていると、ふすまがさっと開いて、となりの部屋から逸騎が顔を出した。

「うるさいわお前ら! なんでもええから、さっさと着ていけや! 下でおっちゃんがずっと待っとるやないか!」

声変わりの始まったがらがら声で叫んだ。丹華が、すぐさま言い返す。

「ちょっと! 急にふすま開けんといてって、いっつも言うてるやろ! 着替えしとぉときもあるねんからっ」

「なにが着替えしとぉや、いっちょまえのこと言うな！　胸ぺったんこのくせに、笑《わら》かすな！」

「あー、言うたなあ、このガラガラ星人！」

足もとに脱ぎ捨ててあったパジャマを丸めて、丹華が思い切り逸騎に投げつけた。ひょいとかわして、「ふふん、ちょろいちょろい」と逸騎がからかう。丹華は、いっそうむきになって、そのへんにあるものを手当たり次第に投げつける。

「もうやめてぇな、イッキ兄ちゃん！　ニケ姉ちゃんも！」

燦空がふたりのあいだに入って止めようとしたが、三つどもえの大騒ぎになってしまった。

しびれを切らしたゼロ先生が二階に上がってきた。そして、「こらあっ！」と雷《かみなり》を落とした。

「何やってんねや、はよ出かけんと、『復興』のみんなが待っとぉねんぞ」

「せやかて、兄ちゃんが……あたしら着替えてんのに、急にのぞいたんやもん」

丹華は半べそをかいている。ゼロ先生は、「イッキ。ちょっとこっち来い」と、両腕を組んで、じろりと逸騎を見た。逸騎は、しぶしぶと、ゼロ先生のところへ行った。たちまち、ぽかりとげんこつが落ちてきた。

「わしも男や、お前の助平心《すけべごころ》はわかる。わかるけど、のぞきはあかん」

「のぞきとちゃうわ！　うるさかったから注意しただけや！」げんこつを見舞われた頭のてっぺんを押さえて、逸騎が異《い》を唱えた。すると、ゼロ先生は、逸騎の耳にひそひそ声でささやいた。

「あほ。女子と話がこじれてしもたら、なんでもええから、悪うございました、言うとくんが男の流儀や。よう覚えとけ」

それから、丹華と燦空のほうを向いて、「さ。これでええやろ。行くで」と、にこやかに言った。

「えー、せやかてまだ髪の毛のリボン、決まってへんしぃ」

丹華が口をとがらせると、

「ええ、ええ。リボンなんかせんでも。どないしたっておかめやねんから、それでええがな」

「おかめちゃうわ！」

ひと声叫んで、丹華はゼロ先生の背中を思い切り押した。わはは、とゼロ先生も、逸騎も笑った。燦空も。

くやしいけれど、みんなが笑うと、丹華も笑ってしまう。笑いながら、ゼロ先生と燦空と一緒に、階段を下りていった。

ときどき、きょうだいゲンカ。そしていつも笑いの絶えない、長田名物「さもとら医院」の一家だった。


三ヶ月まえ、ゼロ先生の「さもとら医院」が、仮設の建物から二階建ての家に生まれ変わった。

一階が診察室と待合室、二階に台所と三つの部屋がある。佐元良一家は、仮設住宅に最後まで残っていたが、ようやくこの家へと引っ越した。

三つある部屋のうち、ひとつはゼロ先生の部屋。ひとつは逸騎の部屋。そしてもうひとつは丹華と燦空の部屋になった。

逸騎は体も大きくなり、男らしさを増して、だんだんと幼い少年から脱皮しつつあった。丹華は自分の身なりが何より気になる年頃になった。燦空は、姉の真似をして、おしゃれに関心を持つようになった。

この三人が仮設住宅のひとつの部屋で暮らすのは、かなり窮屈になってきた。

ゼロ先生は、逸騎が中学へ上がるのに合わせて、ついに新居に引っ越す決意を固めた。長田区内の各仮設住宅も閉鎖されつつあったし、自分たちの「復興」もしなければいけないタイミングであると決断したのだった。

長田の仮設に住んでいた人々は、再建した自宅へ戻ったり、親類縁者の住む地へ移ったり、神戸市内にできた復興住宅に移住したりして、新しい生活を始めた。

復興住宅への移住組に関しては、ゼロ先生は、一世帯一世帯に寄り添って、行政と粘り強く交渉し、できる限りそれぞれの希望に添ったところへ行けるようにと尽力した。

その背景には、佐々木のおばちゃんが、望まずして見知らぬ土地へひとりで移り住み、コミュニティになじめないままに、孤独死してしまったことに対する後悔があった。

ゼロ先生は、仮設のみんながきちんと新しい生活を始めるまでは、わしらはここを動かへん、と宣言し、自分の診療所兼住居の再建は後回しにした――という大義名分もあったのだが、それに加えて、再建のための借金の工面もしなければならず、いろいろと大変だったらしい。

もちろん、丹華たちきょうだいには、泣き言はいっさい言わなかったし、しんどいことがあっても、そんなもん笑い飛ばしてまえ！　というのが、ゼロ先生の哲学だった。

仮設に住む人々が半分以下になった頃、ゼロ先生は、高齢者やひとり暮らしの被災者訪問を、復興住宅でもすることにした。この活動には、由衣や、そのほかの心療内科の研修医、地元の町内会の人々なども加わって、「孤独死を防ごう」と、大きな広がりになった。

「仮設訪問」は、「復興訪問」と名前を変えて、ゼロ先生は、週末に活動した。これには丹華と、今度は燦空も加わった。ときどき、逸騎も参加した。逸騎は、決まって、由衣が参加するときに、狙いすまして参加するのだった。


小学六年生になって、丹華は、クラスの中でますます孤独を深めていた。

家にいるときや、「復興訪問」に参加しているときは、どこまでも明るく、いつも笑顔を絶やさない元気な女の子。けれど、学校に行くと、いつも「自分だけが違う」ような、奇妙な殻《から》に包まれた感じを味わってしまう。

はるかや、そのほかの友人たちは、いつもつるんで行動していた。アイドルの話やおしゃれの話、テレビゲームの話で盛り上がる。気まぐれに、「ニケちゃんは、

SPEED《スピード》のメンバーで、誰がいちばん好き?」と訊いてきたりする。即答できずにもじもじしていると、「ニケちゃん、アイドルに興味ないねんなあ」と、つまらなそうに、すぐに離れていってしまう。

――ニケちゃん、アイドルのこと、よう知らんし。

ポニーテールにつけとぉリボンかて、なんか違うし。

体育の授業かて、いっつも見学やろ。サボってんのとちゃう?

サボってへんやろ。ニケちゃん、足悪いねんから。特別やろ。

それ言うたらあかんねんで。ニケちゃん、めっちゃかわいそうやねんから。震災でお父さんもお母さんも死んでもうて、自分もけがして、足悪《わる》してもうてんから。先生も、仲間はずれにしたらあかんて言うてるし……もっと遊んであげなあかんのとちゃう?

うーん、せやねんけど……。なんか、ニケちゃん、うちらと違うねんなあ……。

どこからともなく、そんな声が聞こえてくる。

「かわいそう」とか、「特別」とか言われるのがいやで、せいいっぱい明るく振る舞っているつもりだった。誘われれば、一緒に遊びの輪に加わったし、帰りにコンビニや本屋に寄り道もした。

けれど、ある放課後、ついにクラスの女子とのあいだに決定的な溝《みぞ》を作ってしまった。

「なあなあ、駅前に新しくゲーセンできたん知ってる？　ニケちゃん、一緒に行かへん？」

はるかにそう誘われたとき、「あ、ごめん。あたし、そういうとこは行かへんねん」と、なぜだか即答してしまった。

いつもは誘われたり話しかけられたりすると、もじもじして、即答できず、結局ずるずる付き合ってしまっていた。

けれど、ゲームセンターや盛り場など、大人が行くところにだけは絶対に行くな、とゼロ先生にきつく言われていた。

ゼロ先生は、ふだん、子供のすることにあれこれ口を出す大人ではない。だからこそ、丹華は、どんなことであれ、ゼロ先生に「したらあかん」と言われていることとは、絶対に守ろうと決めていた。

「えー、なんで？」とはるかは、即座に不満そうな声を出した。

「せやかて、あんまり、おこづかいあらへんし……」

ごまかそうとして、そんなことを言うと、はるかは、「あ、大丈夫やで。うち、おこづかいもろたばっかりやし、何回分かはおごったげる」などと言う。はるかは、自分の思い通りにしようと、こうしてよく丹華を無理やり誘うのだった。

はるかがしつこくゲームセンターへ誘うのを、丹華は黙って聞いていたが、

「ごめん、やっぱ行かれへんわ」

きっぱりと言った。たちまち、はるかは目を吊《つ》り上げた。

「なんやの、ニケちゃん。付き合い悪っ。ええわ、もう誘わへんから」

ぷいっと、向こうへ行ってしまった。そして、クラスメイトの女子たちに向かって、

「ニケちゃん、かわいそうやから誘ったったのに、なんか勘違いしてるんちゃう?」

丹華に聞こえるように、わざと大きな声で言った。

「えー、ほんまに?」「勘違いしてるん?」「一緒に行ったらええのに」「付き合い悪いわ」と、女子たちは口々に、ひそひそと話す。

丹華は、いたたまれなくなって、教室を飛び出した。——とはいえ、足が思うように動かない。やがて、はるかたち女子の一群が、笑いながら、丹華を追い越していった。

そんなふうにして、丹華は、だんだんひとりぼっちになっていった。

話しかけてくる友だちもいなくなった。丹華が教室に現れると、それまで笑いながらおしゃべりしていた女子たちが、急に声を潜《ひそ》める。冷たい視線が、丹華のぎこちない動きに注がれる。

「あんまりニケちゃんのこと、見ぃひんほうがええで。うちらが差別してるて疑われたらいややゃんか」

丹華の耳にも届くような声で、はるかがそんなことを言った。それ以来、女子も男子も、まるで避《さ》けるように、丹華の顔を見もしなくなった。

教室の中で、ぽつんとひとり取り残されて、丹華は、その場から消えてしまいたかった。

朝がくると、学校へ行くのがおっくうでならない。できれば、このままずっと家にいたい、と思うのだが、燦空を一緒に連れていかなければならないし、ゼロ先生も逸騎も出かけていく。自分だけが家に残るわけにはいかない。

だから、毎朝、(大丈夫、大丈夫)と自分に一生けんめい言い聞かせて、家を出る。

おっちゃんが、いやなことがあったら、あほやと思われてもええから、とにかく笑っとけばええ、って言うてたもん。

お前はひとりちゃうねんぞ。お父ちゃんも、お母ちゃんも、天国から、ちゃーんと見守っててくれてるねんぞ、って。

でも……でもな、おっちゃん。

あたし、ときどき思うねん。お父ちゃんもお母ちゃんも、見守ってくれてるかもしれへんけど、声もかけてくれへんし、目の前に出てきてもくれへん。

もう二度と、会えへんのや……って。

教室の中で、笑顔を忘れている自分がいた。周りから、完全に浮いて、どこにも身の置き場がなく、漂っている自分がいた。

逃げ出したい。こんな教室から、どこか遠くへ。

窓際の席に座って、丹華は、いつもぼんやりと空を眺めるようになった。

鳥になれたらな。羽があったらな。

そうしたら、飛び立って、二度と戻らない。

お父ちゃんとお母ちゃんに会いに、佐々木のおばちゃんに会いに、天国まで飛んでいくんや——。

教室では孤立していた丹華が心から楽しみにしていたのは、ゼロ先生たちと出かけていく「復興訪問」だった。

ひとり暮らしのお年寄りとおしゃべりし、以前、仮設でご近所さんだった人々と会うこともできる。仮設で訪問していたときと同様に、いや、あのとき以上に、丹華は復興住宅に住む人々から元気をもらうのだった。

おじいちゃん、おばあちゃんに会うのも楽しみだったし、由衣に会うのももちろん楽しみだった。

が、実は、丹華がもっとも楽しみにしていたことが、さらにもうひとつあった。

それは……。

「よお、ニケちゃん、サンクちゃん。元気にしとったか？」

元気よく声をかけてきた男性は、「ＮＰＯ法人復興助け合いネットワーク」の代表、片山さんだ。

大震災後のボランティア活動で、ゼロ先生と知り合った。神戸市内にある企業に勤務するかたわら、週末にひとり暮らしのお年寄りを訪問する活動を、ここ三年ほど続けている。浅黒い顔が笑うとしわくちゃになる、愛嬌《あいきょう》のあるおじさんだ。

毎週末、同じ復興住宅を訪問できるようにゼロ先生とスケジュールを合わせて、住宅に住む人々が交流の場として使っている「コミュニティルーム」で、落ち合うことになっていた。

どきりと胸を高鳴らせて、丹華は、思わず肩に力を入れた。そして、「こんにちは」と、笑顔であいさつを返した。それから、急いで、燦空に耳打ちした。

「なあ、ポニーテールのリボン、曲がってへん？」

燦空は、首を横に振って、「曲がってへんよ」と、ささやき返した。そして、にっと笑って、

「なあなあ、片山のおっちゃん。今日は、お兄ちゃん、来てへんの？」

そう訊いた。片山さんは、「おう、来てるで」と、笑顔になった。

「なんやサンクちゃん、陽太《ようた》のこと、気になるんか？」

「ううん、あたしやのうて、ニケ姉ちゃんが……」

「何言うてんの、もうっ！」

丹華は、真っ赤になって、燦空の肩を叩いた。「何すんねん。ほんまのことやんか」と、燦空は不満そうな声で言った。片山さんは、にこにこしている。

「おお、わが息子ながらうらやましいわ。こんなかわいい女子ふたりにモテモテや

とは……ちょっと待ってや、そのへんにいてるはずやから。……って、おらへんな。どこ行ったんや、あいつ?」

「陽太君やったら、さっきから、裏の運動場で子供たちとサッカーしてますよ」

先に来ていた由衣が、コミュニティルームの台所から出てきて、言った。

「あ! ゆい姉〜っ」と、とたんに燦空が由衣に飛びついた。

「今日も来てくれたんやね、サンクちゃん。ありがとうね」

由衣は、燦空と手をつないで、丹華のところへ来た。そして、

「ニケちゃんは来る思とってんよ。陽太君も来ることになってたし」

にこにこしながら言った。丹華は、ますます赤くなって、

「べ、別に。陽太君が来てるからとかやないもん。おっちゃんに誘われたから……」

「はあ? おれは全然誘てへんぞ?」かばんからカルテを取り出しながら、ゼロ先生が言った。

「なんや朝からひとりで浮かれとったやないか。今日は『復興』に行く日や、何着ていこか、リボンは曲がってへんか、とかなんとか」

「あー! 言わんとってよ、もうっ!」

丹華がゼロ先生の背中を太鼓《たいこ》でも叩くように両の拳《こぶし》で連打したので、周りにいた人々は、みんな、楽しそうに笑った。由衣は、くすくすと笑いながら丹華に言った。

「ニケちゃん、陽太君を迎えに行ってきてくれる？　みんな集まったし、そろそろ訪問して回る時間やで、って」

丹華は、顔を上気させたまま、小さくうなずいた。そして、復興住宅の裏にある、小さな運動場へと駆けていった。

丹華の小さな胸が、リズミカルにときめいている。

もうすぐ、会える。陽太君に、会える。

うれしくて、うれしくて、小走りはスキップに変わってしまいそうだ。

運動場で、復興住宅の子供たちと、サッカーボールを追いかけている少年がいた。短く切った髪、明るい声、さわやかな笑顔。別に、ハンサムなわけじゃない。おしゃれがキマってるわけでもない。だけど、「よっ、元気？」と声をかけてくる人なつっこさ。お年寄りと楽しそうに話をする表情。自分と同じ小六なのに、子供たちにはアニキぶるところ。

そのひとつひとつが、丹華の心に響いた。もっともっと、陽太君のことを知りたい。そんな気持ちにさせられた。

「――陽太君！」

思い切って、大声で名前を呼んだ。ボールを蹴《け》る足を止めて、陽太が顔を上げた。

「よお、ニケ！」

笑顔になって、名前を呼んでくれた。ただそれだけで、丹華は、背中に翼が生えたように、舞い上がりそうな気持ちになるのだった。

8

最近の丹華は、ちょっとおかしい。

なんだか、上《うわ》の空《そら》で、学校の授業も、宿題も、家事も、何をしていても、ぼうっとしていて、ついついミスをしてしまう。

学校では、窓際の席で頬杖をついて、いつも空を見上げている。もっとも、空を見上げるのは、いまに始まったことではないのだが。

天国のお父ちゃんとお母ちゃんが、いっつも見守ってくれてるんやで。

幼い頃、ゼロ先生に、そう教わった。

たとえ姿は見えんでも、声は聞こえんでも、お父ちゃんとお母ちゃんは、空の上にいてる。

ニケや、イッキや、サンクが、どこにおっても、いっつも空の上から見ててくれるんやで。

せやから、いたずらでけへんぞ。勉強、宿題、サボられへんぞ。お父ちゃんとお母ちゃんが、ずうっと見てんねんからな。

いやなことがあっても、何かに負けそうになっても、大丈夫や。お父ちゃんとお母ちゃんが、ちゃあんと味方してくれるんや。

ええか、ニケ。お父ちゃんとお母ちゃんに見られとっても、恥ずかしないように生きていかなあかんで。

ゼロ先生に教えてもらったことに、いつも丹華は励まされた。

天国のお父ちゃんとお母ちゃんが悲しんだり、怒ったりするようなことは、絶対にしない。逆に、ふたりが喜ぶようなことをしよう。

そう思いながら、丹華は成長した。

けれども、ここのところ、丹華は、ほんものの「上の空」になってしまった。

「佐元良さん……佐元良さん。この問題に、答えられますか」

授業中、先生に名前を呼ばれて、「は……はいっ」と立ち上がり、あたりをきょろきょろ眺めて、

「え……なんやったっけ？　ええと、ええと……わかりません」

そう答えて、真っ赤になる。とたんに、教室のあちこちから、くすくす笑い声がわき起こる。

――ニケちゃん、なんか、おかしない？

いっつも、ぼうっとしとぉし。空ばっかり、見上げとぉし。

でも、あの子、まえから、ちょっとぼうっとしとぉ子やったやん？

そやな。ぼうっとニケちゃんやったけど、最近は、超・ぼうっとニケちゃんとちゃう？

くすくす、くすくす。意地の悪い女子たちのひそひそ声が聞こえてくる。丹華はますます真っ赤になるが、ほんとうにぼうっとしているのだから、仕方がない。

家に帰っても、「ぼうっとニケ」は、ますます「ぼうっとぼんやりニケ」になるばかりだ。

買い物メモと違うものを買ってきてしまったり、料理を作っているときも、砂糖と塩を間違えて入れてしまったり。

「なんや、このとんかつ、めっちゃ甘いねんけど……」

丹華の担当で作ったとんかつをひと口かじったゼロ先生が、耐え切れない、という感じで言ったことがあった。逸騎と、丹華と、燦空、それぞれにかじってみて、

「ほんまや……」と、それ以上、言葉が続かなかった。

ぼうっとぼんやりニケに、どうしてなってしまったのか。

その理由は、はっきりしていた。丹華自身、ちゃんとわかっていた。好きになってしまったのだ。――生まれて初めて、男の子のことを。

彼の名前は、片山陽太。

いま、丹華と同じ、小学校六年生。ただし、同じ長田の子ではなく、神戸市内の岡本《おかもと》というところにある小学校に通っている。

初めて会ったのは、半年まえ。小学校五年生のときだった。復興住宅に隣接するプレハブの「コミュニティルーム」の入り口付近で、ゼロ先生は、ボランティアに参加したいと申し込んできた片山のおじさんと陽太に「ぜひとも、よろしゅう頼んます」と、あいさつをした。

かたときも手放さないという、サッカーボールを片手に、最初陽太は、緊張気味に、ちょっとぶすっとした顔だった。丹華のほうも、初対面の男子にどう接したらいいかわからなくて、目を合わせられず、下を向いていた。

片山のおじさんとゼロ先生とは、会ってすぐに、ボランティア訪問について活発に会話を始めた。

陽太は、足もとのボールを、足先で、ちょいちょいと転がしていたが、ふと、顔を上げて、丹華のほうを見た。

丹華は、ボールに夢中になっている陽太のうつむいた顔をこっそり見ながら、（男子って、みんな、ボール遊びが好きやねんなあ）と思っていたところだった。

目が合った瞬間、丹華の胸が、ことん、と音を立てた。小さな箱の中でビー玉が転がったような、ささやかな音。けれど、確かに、体のすみずみまで響き渡る音。

陽太は、気まずく思ったのか、ぷいと顔を逸らして、わざとボールに熱中してみせるようだった。ひょいひょいと足もとで器用にボールを操っている。

おれ、サッカーがめっちゃ好きやねん。見てくれや。

不思議なことに、丹華には、陽太がそう言っているのが聞こえてくる気がした。だから、じっと陽太の足もとをみつめていた。みつめるうちに、ぽかんと口が開いてしまった。

「おお、陽太君、めっちゃうまいな。球蹴りのプロになれるんとちゃうか」

丹華の横に立っていたゼロ先生が、陽太がさかんにボールを操るのをみつけて、そう言った。

「球蹴りとちゃうわ。サッカーやで」

陽太は、そう言って、何気なく、ぽん、とボールを軽く丹華のほうへ蹴った。それは、ちょうど、丹華の障がいがあるほうの足へ転がってきた。

あっ。

丹華は、とっさに足を引っ込めようとして、バランスを崩し、その場に尻もちをついてしまった。

ゼロ先生が「おっと」とひと声叫んで、丹華の上半身を両手で支えた。

「わっ、大丈夫か、ニケちゃん⁉」

片山のおじさんが、びっくりして、あわてて両手を差し出した。ふたりのおじさんに支えられて、丹華は、歯を食いしばり、口をぎゅっと結んで、どうにか立ち上がった。

陽太は、よほどびっくりしたのか、声も出せずに体を硬直させて、丹華の様子をみつめている。おじさんが、その頭を、平手でぺちんと叩いた。

「お前、何やっとるんや！　ニケちゃんがけがでもしたらどないすんねん！」

陽太の顔から、見る見る血の気が引いていく。丹華は、どうしたらいいかわからず、ただ黙ってじんじんする足を押さえていた。

「大丈夫、大丈夫。この子、案外強いねん。ちょっとびっくりしただけやろ。ほら、ニケ、見せてみ」

ゼロ先生は、丹華の背中を支えて、コミュニティルームの中へと連れていった。

背後で、「女の子にひどいことするんやったら、もう連れてけぇへんぞ！」と、おじさんが陽太をしかる声が聞こえる。丹華は、思わず振り向いた。

父にしかられながら、真剣な、とても心配そうなまなざしを、陽太は丹華に向けていた。丹華の胸の中で、また、何かがことんと音を立てた。

ゼロ先生は、丹華をパイプ椅子に座らせると、「ソックス、めくってくれるか？」と言った。手術のあとを隠すために、丹華は、いつもタイツやジーンズをはき、夏でもハイソックスをはいている。その日は、膝まで隠れる紺色のハイソックスをはいていた。

丹華はうなずいて、ソックスをめくった。桃色の手術あとが現れた。二十センチ近くあり、くっきりと浮かび上がっている。ゼロ先生は、右手で手術あとをそうっとなでてから、かかとを持って、上下にゆっくり上げ下げした。

「どうや、痛いか？」

丹華は、首を横に振った。ゼロ先生は「そうか。よし」とつぶやくと、手術あとに手をかざして、

「大丈夫、大丈夫。平気や、平気や。ニケの弱虫毛虫、どっか行ってまえ！」

ひゅっと手のひらで空を切った。

丹華は、思わず「なんやの、それえ」と、笑い出してしまった。

「え、覚えてへんのか？　お前がちっさい頃、足が痛い痛い言うて泣きよったとき、こないしたったやろ」

そうだった。手術の直後は、余震の怖さと、さびしさと、両親がいない悲しさと、いろんな気持ちがごちゃまぜになって、泣きたかった。でも、泣かない、弱音を吐かないと、おっちゃんと約束したから……足が痛いと言って、ごまかして、泣いたのだ。

そんなとき、ゼロ先生は、いつも「大丈夫、大丈夫」と歌うように言って、「ニケの弱虫毛虫、どっか行ってまえ！」と、ひゅっと手のひらで空を切って、丹華をなぐさめてくれたのだった。

「そやったっけ？」丹華が、照れ隠しでしらばっくれると、

「なんやねん。びーびー泣いとったくせに。都合の悪いことは、忘れてまうんやなあ」

ゼロ先生は笑って、丹華の頭をくしゃくしゃとなでた。丹華も、えへへ、とつられて笑った。

ソックスをもと通りにして、先生に支えられながら立ち上がった。顔を上げると、

正面の出入り口に佇《たたず》む陽太が見えた。

「……入ってもいいですか」

遠慮がちな、けれどていねいな物言いで、陽太が尋ねた。ゼロ先生は、振り向いて、にこっと笑いかけた。

「ああ、ええとも。入んなさい」

陽太は、まっすぐに丹華のところへやってくると、被っていたヴィッセル神戸のエンブレム付きキャップを取って、ぺこりと頭を下げた。

「……ごめんっ」

突然あやまられて、丹華はびっくりしてしまった。なんと答えたらいいのか、わからない。言葉を詰まらせて陽太をみつめていると、陽太のほうも、目を逸らさず、真剣な瞳で丹華をみつめ返した。

「おれ、なんか無茶してもうた。ほんま、ごめん。大丈夫か?」

丹華の胸の中で、今度は、ことんことんと連続して何かが動いた。小さなビー玉が、何個も何個も、あちこち転がってぶつかって、痛いような、こそばゆいような、ヘンな感じ。

「あ……うん。ぜんぜん、大丈夫やし。気にせんとって」

ぼそぼそと、小さな声でそう答えた。言いながら、顔がかあっと熱くなって、真っ赤になるのがわかる。陽太は、まっすぐに丹華をみつめるのをやめない。丹華のほうが、なんだか耐えられないような気持ちになって、赤くなった顔を逸らした。

ふたりを見守っていたゼロ先生は、にっと笑って、

「君、陽太、言うたな？」

陽太は、丹華をみつめたままで、こくんとうなずいた。先生は、ますます大きな笑顔になって、「うん。男やな」と言った。

「逃げも隠れもせえへん、言い訳もせえへん。面と向かって、きちんとあやまる。男やな。かっこええぞ、陽太」

そして、さっき丹華にしたように、陽太の頭を、くしゃくしゃとなでた。

陽太は、ゼロ先生を見上げると、ちょっと照れくさそうな、まぶしそうな表情になった。

「お父さんと一緒に、陽太も、ここでボランティア活動するんやろ？」

「はい」と陽太は、元気いっぱいに返事をした。

「そうか。わしらも、ここのお年寄りを訪問するんが楽しみやねん。これから、よろしく頼むわ。……こいつのこともな」

そう言って、ゼロ先生は、ぽんと丹華の肩を叩いた。丹華は、また、真っ赤になった。

「こら、ニケ。何もじもじしとるんや。新しい友だちに、ちゃんとあいさつせなあかんやろ」

湯気が出るんじゃないかと思うくらい、顔を上気させて、丹華はあわててひょこんと頭を下げた。

「よ……よろしく」

陽太は、やっぱり、じいっと丹華をみつめたままだ。丹華も、今度は目を逸らさずに、不器用な笑顔を作ってみせた。

「うん、よろしく」

陽太は、明るい声で答えた。丹華をみつめる目が、やさしく微笑んだ。

その瞬間、胸の中の小さな箱に、いっぱいに詰まっていたきらめくビー玉が、いっせいに、きらきら、からから、ころころと、心地よいメロディを奏《かな》でながら転がり出すのを、丹華ははっきりと感じた。

そう。あのとき。あの笑顔を見た瞬間から、ずっと。

丹華の胸の中では、色とりどりに輝くビー玉が、きらきら、からから、ころころと、転がったり、ぶつかったり、くるくる回ったり。にぎやかなメロディを奏で続けている。


その夜、丹華は、特別に長風呂を決め込んでいた。

風呂の順番は、丹華と燦空、逸騎、ゼロ先生と決まっていた。丹華は、いつも燦空と一緒に入るのだが、その夜は、燦空をさきに上がらせ、なかなか風呂から出なかった。

体を一生けんめいタオルでこすって、いいにおいのするシャンプーで、肩まで伸びた髪を丹念に洗った。お湯がミルク色に染まる入浴剤を入れて、湯船につかり、あっちを向いたりこっちを向いたり、いろいろに姿勢を変えて、ゆっくりとあたたまった。

長風呂をするのには、理由があった。

明日までに、うんときれいになりたいのと、体調を整えたかったのだ。

明日は、陽太の十二歳の誕生日。「よかったら、うちに遊びにけぇへんか?」と、このまえの日曜日、誘われた。誕生日には両親がいつもお祝い会をしてくれんねんけど、今度はニケちゃんも呼んだらって言われてん、と。

陽太は、ちょっと照れくさそうに、「せやから、来てほしいねん」と言ってくれた。それで、丹華は、すっかり舞い上がってしまった。

うれしい。めっちゃうれしい。

せやけど、ひとりで行くなんてできへんわ。どうしよどうしよどうしよ。

と思っていたら、ゼロ先生と逸騎と燦空も、片山のおじさんが誘っていた。なんや、と、少々がっかりな気持ちもあったが、でも、やっぱりひとりでは恥ずかしくてとても行けないと思っていたから、ほっとした。

明日、陽太君の家に行く。それで、陽太君のお母さんにも会う。そう思うと、緊張して、体がごわごわに強《こわ》ばってしまう。

ゼロ先生は、丹華の緊張をとっくに察していた。それで、「これで好きな洋服、買うてこい」と、気前よく五千円の「特別おこづかい」を出してくれた。「イッキやサンクには内緒やで」と、ささやいて。

長田駅前に新しくできたショッピングモールで、迷いに迷って、小さな花柄の水色のワンピースを買った。水色のリボンがついている白い帽子も、一緒に。

「とってもかわいいですよ」と、お店のきれいなお姉さんに言われ、恥ずかしいの半分、うれしいの半分で、踊《おど》るような足取りで家に帰った。

ミルク色の湯船につかりながら、あれこれ想像を巡らせる。

陽太君、どんなおうちに住んでるんやろ。陽太君の部屋、どんなんやろ。

お母さん、やさしい人なんやろなあ。片山のおじさんかて、めっちゃやさしくてええ人やもん。

お母さん、あたしのこと、どう思わはるやろ？　陽太、いつの間に、こんなかわいい子みつけたん？　なあんて……言われたりして。

ぱしゃぱしゃとお湯を顔にかけて、ふうっと大きくため息をつく。

それにしても、明日までに、この体、なんとかせな。

なんか、だるいし、重たいし……めっちゃ、かゆいし。

ちょっと、息が苦しい気もする……。

なんなんやろ、風邪引いたんかなあ。

いややなあ。明日までに、治さな……。

ここのところ、丹華は、体の調子があまりよくなかった。どこが悪いのかといえば、はっきりとは言えない。ただ、なんとなく、体ぜんたいが重たく、腕を上げるのもおっくうな感じがある。それに、あちこち、かゆみがある。特に背中が、ときどき猛烈にかゆくなり、自分でも気づかないうちにかきむしっているようなのだ。

小学校四年生のときに、女子だけが集められ、女の先生に「初経」について教えられた。

初経というのが、どういうものなのか、そのときはまだはっきりとはわからなかったけど、ひょっとすると、いまの自分は、そういう時期にさしかかっているのかな、と思う。体の調子がよくないのは、そのせいなのかも。

先生が言うには、女の子は、十歳くらいから体に変化が起きて、大人の女性になるための準備が始まる。怖いことでも恥ずかしいことでもないけれど、おおっぴらに話すことでもない。もし、「準備が始まった」と思ったら、お母さんや先生に話してくださいね、と。

その「女子限定特別授業」が終わったあと、丹華は先生に呼ばれて、ふたりきりで話をした。

佐元良さん、もしそうなったら先生に話してね、と先生は言った。こういうことは、男の人には言いにくいやろから……。

丹華は、なぜ、先生が自分だけを呼んでこっそりとそんなことを言うのか、ぼんやりとわかる気がした。

このことは、女の子の大切な秘密。ふつうならば、きっと、お母さんと話すことなのだ。

体の変調を感じながらも、丹華には、それを相談できる相手がいなかった。

ふと、ゆい姉に話してみようかな、と思いついた。

女のひとなら、誰でも経験することやって、先生言うてたし。ゆい姉やったら、お医者さんやし、なんでこんなに苦しいんか、わかってくれるかも……。

「おーい、ニケ。ええ加減、上がれよー。あとがつかえてるでー」

脱衣所の外から、ゼロ先生の声がする。丹華は、「はあい、もうちょっとだけー」と返事をした。

なんか、このしんどいの、かゆいの、取りたい……。

背中がむずむずして、たまらなくかゆくなってきた。ちょっとお湯につかりすぎたかな、と、右手を背中に伸ばして、ぎょっとした。

……なに……これ？

丹華の右手が、肩甲骨《けんこうこつ》に触れていた。けれどそれは、肩甲骨ではなかった。

得体の知れない、硬いような、やわらかいような、何か、不思議なもの。

……え？

恐る恐る、シャワーの横の鏡に、背中を映して見る。

鏡の中の自分の背中を見て、丹華は息をのんだ。

肩甲骨がボール大に盛り上がって、かすかな裂け目を作っている。そこから、真っ赤な血がひとすじ、とろりとこぼれ落ちていた。

9

窓の外は、あいにくの雨がしとしとと降りしきっていた。

関西地方は、その前日、梅雨《つゆ》入りとなった。昼が近づくにつれ、気温が上がって、部屋の中までじめじめしてくる。

丹華は、薄手のふとんにすっぽりとくるまって、シーツの白い闇の中で、ひとり、震えていた。

もう、どのくらいのあいだ、こうしているんだろう。

ゼロ先生と、逸騎と、燦空。三人が出かけていってから、まだ三十分とたっていなかった。それなのに、もう、丸一日、こうしているかのような錯覚《さっかく》に襲《おそ》われる。

怖い……怖い……こわいよ。

ゆい姉。早く来て、ゆい姉。

お母ちゃん。ニケ、どうなってしもたん？

あたし、このまま、死ぬの？

怖い……怖い……こわいよ。

ふとんを被っている丹華の耳に、枕もとに置いた目覚まし時計の秒針の音が、カッチ、カッチ、カッチとかすかに響く。

一秒、二秒、三秒……確かに時間は動いている。もう少しすれば、由衣が駆けつけてくれるはずだ。

だから、がまん。もう少しの、がまんだ。

お父ちゃん。お母ちゃん。

ニケ、悪い子なん？　せやから、こんな怖い目にあうん？

ニケ、おっちゃんのこと、いつの間にか困らせてしもてたん？

イッキ兄ちゃんも、ニケのこと、めんどくさいやっちゃ、って思てるん？

サンクも、ニケ姉ちゃんやさしない、って思てるん？

教えて、お父ちゃん。なあ、お母ちゃん。

あたし、知らへんうちに、悪い子になってしもてたん？

カッチ、カッチ、カッチ。秒針の音に耳を澄《す》ませながら、丹華は、ふとんの中で、何度も涙をぬぐった。

怖かった。どうしようもなく。

自分の体にいったい何が起こったのか。さっぱりわからずに、丹華は、ただ震えるばかりだった。

丹華が明らかな体の変化に気づいたのは、まえの晩、風呂に入っているときだった。

両側の肩甲骨のあたりに異変を感じて、鏡に映して見ると、その部分が異様に盛り上がり、皮膚《ひふ》が裂けて、血が流れ出していたのだ。

あっと息をのんだ丹華は、あわててシャワーでその血を流した。それから、背中を洗うときそうするようにタオルを長く伸ばして、両側の肩甲骨にきつく押し当てた。そうするうちに、血は止まったようだった。

何？　どうなってんの？

痛いくらいに胸をはやらせながら、丹華は、風呂場を出て、急いでバスタオルで全身を拭《ふ》いた。

なんか、おっきなこぶ……？　みたいなんが、背中にあったけど。

鏡に自分の背中を映して見たのは、ほんの一瞬だった。けれど、驚きと恐怖のあまり、もう一度見ることができなかった。

バスタオルには、うっすらと血がにじんでいた。洗面所ですぐに洗い、ベランダの物干しにかけた。

ダイニングでテレビを見ていたゼロ先生の横を、無言で通り過ぎた。「おっ、ようやく出てきよったか」と、ゼロ先生に声をかけられたが、黙ったまま自室に入った。

燦空はドライヤーで髪を乾かして、もうふとんに入っていた。丹華は、湿った髪のままで燦空のとなりのふとんにもぐり込んだ。

「姉ちゃん、髪の毛乾かさんとあかんよ。風邪引くで」

いつも自分が言われていることを、燦空が丹華のほうに寝返って言った。丹華は、返事をせずに、目をぎゅっとつぶった。

「姉ちゃん、どないしたん？」

燦空の心配そうな声がする。けれどやはり、答えられなかった。

どないしよ。明日、陽太君のうちに行くのに。

陽太君のお誕生日やのに。プレゼントも買って、お誕生日カードも書いたのに。

考えて考えて、悩みに悩んで……「これからも、ずうっと友だちでいてください」って、やっと書いたのに。

横向きに寝ても、肩甲骨がしくしくと痛いような、かゆくてたまらないような、おかしな感じだった。皮膚を突き破って、体の中から、何か得体の知れないものが飛び出してくるような、奇妙な感覚があった。

もしかして、これが初経ゆうやつなんかな?

せやけど、先生、背中から血が出てくるとか、言うてへんかったし……。

不安に押しつぶされそうになって、なかなか寝つかれなかった。

そして、翌朝。

背中に違和感を覚えて、丹華は目が覚めた。

痛いようなかゆいような感じは、昨夜《ゆうべ》よりも強くなっている。全部夢だったらいいのに、と思いながら、丹華は、こわごわ、右手を後ろに回して、肩甲骨を触ってみた。

やはり、空気が半分抜けかけたソフトボールのようなものがある。ぐにゃっと、ふくらんでいる。丹華は、再び、目の前が真っ暗になるのを感じた。

どないしよ。

あたし、ヘンな病気になってもうたんや……。

「ニケ！　サンク！　いつまで寝とぉねん、はよ起きろ！」

がらっとふすまが開いて、逸騎が顔をのぞかせた。ダイニングからは、朝食のいいにおいが漂ってくる。

いまやすっかり家族の食事係になっていた逸騎は、誰よりもいちばん早く起きて、てきぱきと朝食のしたくをする。日曜日だからといって、朝寝坊の妹たちに手加減はしない。

「うん、わかっとぉよ」燦空が起き上がって、言った。

「でも、なんか……ニケ姉ちゃんが、ヘンやねん。風邪引いたんかなあ」

燦空の言葉に、ふとんにくるまって寝たふりをしていた丹華は、びくっとした。小さな妹は、姉の異変に、敏感に気がついたようだった。

逸騎が丹華の枕もとに座った。丹華は、頭をうんと引っ込めて、（お願い、兄ちゃん、ふとんめくらんといて！）と、心の中で祈った。

「おい、ニケ。今日は、陽太んちに行く日やろ。お前、めっちゃ楽しみにしとったやないか。なに寝坊こいてんねん？」

ふとんの外で、逸騎の声が響いた。陽太のことになると、丹華の顔がぱっと明るくなることに、兄はとっくに気づいているようだった。丹華は、ますますふとんから出られなくなってしまった。

「ニケ？　お前、ほんまに具合悪いんか？　ちょっと、顔出してみ……」

逸騎が、ふとんに手をかけてめくろうとした。その瞬間、

「やめてっ！」

ふとんの中で、丹華が金切り声を上げた。

「ほっといて！　気持ち悪いねんからっ」

そして、そのまま丸くなって、体を震わせた。

逸騎は、無理やりふとんをめくり上げるようなことはしなかった。どうやら丹華の体調がおかしいと悟ったらしい。部屋の中はしんと静まり返った。

丹華は、自分で自分の肩をぎゅうっと抱きしめて、小さく小さく縮こまって、ただ震えることしかできない。怖くて、苦しくて、気持ちが悪くて、酸《す》っぱいものがこみ上げてくるのだった。

「……ニケ。どないした？」

しばらくして、枕もとでゼロ先生の声がした。とてもやさしい声だった。が、丹華は返事もせず、やはりふとんの中でうずくまって震えるばかりだった。

「イッキが、めっちゃうまそうなオムレツ、作ってくれたで。お前、大好物やろ？

わしらも、ええ加減腹減ったわ。一緒に食べへんか？」

丹華は、引っ込めたままの頭を、一生けんめい横に振った。

「ごめん、気持ち悪いねん。さきに食べて」

くぐもった声で、ふとんにもぐり込んだまま、ようやく答えた。ややあって、またゼロ先生の声がした。

「ニケ。ちょっとだけ顔を出してくれへんか。どんな感じか、様子見させてほしいねん。お前がそんなんやったら、わしら、心配で朝飯も食べられへんし、陽太んちにも行かれへん」

それから、「いまはここに、わししかいてへん。イッキもサンクも、台所に行きよったで」と付け加えた。

丹華は、ようやく、恐る恐る、ふとんから頭を出した。心配そうなゼロ先生の顔がのぞき込んでいる。先生は、丹華の額に手を当てて、「うん……少し熱があるな」と言った。

「体温計と聴診器、持ってくるわ。診察してもかまへんか？」

丹華は、あわてて首を横に振った。

「大丈夫、ちょっと気持ち悪いだけやねん……その……おふとんから、出たないねん」

ゼロ先生は、じっと丹華の目を見た。そして、言った。

「今日、陽太んち、行けそうか？」

訊かれて、丹華は、泣き出しそうになった。

行きたい。陽太君のところに行きたい。陽太君の顔が見たい。

お誕生日おめでとう、って言いたい。これからも、ずうっと友だちでいてね、って。

でも……。

そう思ったとたん、肩甲骨が、ずきん、と痛んだ。

「痛っ……」

小さく声をもらして、思わずのけぞった。驚いたゼロ先生が、丹華の体に触ろうとした瞬間、

「いやっ！」

自分でもびっくりするくらいの大声が出た。ゼロ先生は、びくっとして、すぐに手を引っ込めた。丹華は、またふとんの中にすっぽりと引きこもってしまった。

しばらくして、ゼロ先生の声がした。

「ニケ。ひとつ、提案がある。……由衣に来てもろたら、どないや」

お前が具合悪かったら、わしはどうしても診察をせんならん。せやけど、わしが診察するんがいややったら、無理にはでけへん。由衣に診察してもろたほうが、お前にとって安心できるんやったら、いまから電話して来てもらお。

ゼロ先生は、そう言って、とにかく診察を受けてほしいと、丹華を諭した。

それは、丹華にとっては、いちばん安心できる提案だった。

もしかしたら、自分の体調の変化は、初経と関係のあることかもしれない。とにかく、由衣以外、診察も相談もできる相手はいない。

再びふとんから頭を出して、丹華は、ゼロ先生の顔を見た。昔風邪を引いて寝込んだ丹華を父が気づかってくれたときのような、とてもやさしい顔だった。

「……お願いがあるねん」

小さな声で、丹華は、ようやく言った。

「ゆい姉に来てほしい。それと、みんなは、陽太君ちに行ってほしい」

佐元良一家が誕生日に来てくれることを、きっと、陽太は楽しみにしていたはずだ。

自分ばかりか、ゼロ先生や逸騎や燦空まで来なかったら、がっかりするだろう。

それに、せめて、自分からのプレゼントとカードを、届けてほしい。陽太のことを胸いっぱいに思いながら、せっかく準備したのだから。

そんなふうに考えると、また肩甲骨がずきんと痛んだ。丹華は、目にいっぱい涙をためて、

「お願い。陽太君とこに、行ってあげて」

せいいっぱいの思いをこめて、そう言った。

ゼロ先生は、うなずいて、手を伸ばし、丹華の頭をくしゃくしゃとなでた。


家族が出払って静まり返った部屋。ふとんにしっかりとくるまって、丹華は由衣の到着をひたすら待った。

ゼロ先生は、由衣に連絡をし、自分たちが陽太の家に行く途中のJR三ノ宮《さんのみや》駅で由衣と落ち合い、家の鍵を手渡す段取りにしたようだった。

トントントン、と階段を上がる足音が近づいてきた。（ゆい姉だ！）と丹華は、ふとんから顔を出した。ふすまが開いて、由衣が現れた。

「ニケちゃん……大丈夫？」

枕もとに正座したとき、ふわりといいにおいがした。肩で息をして、額はうっすら汗ばんでいる。

自分のことを、本気で心配して、走ってきてくれたんだ。そう気がついて、丹華は、涙がこみ上げた。すると、また、肩甲骨がずきんと痛む。

「つっ……」

顔を歪めて、体をねじった。由衣は、とっさに丹華の額に手を当てた。

「少し熱があるみたいやね。ニケちゃん、どこが痛いの？　足？」

丹華は、首を横に振った。そうするのがせいいっぱいだった。由衣は、診察かばんから、聴診器と体温計を取り出した。

「あおむけに寝てくれる？　パジャマ、開いてもいい？」

丹華はうなずいて、どうにかあおむけになった。やはり、背中に違和感がある。無意識に、背中を反らせてしまう。

由衣は注意深く丹華の様子を見ながらも、黙って聴診器を胸に当てた。

「深く息吸って。……はいて。もう一回……」

丹華は深呼吸を繰り返したが、心臓の鼓動《こどう》は速くなるばかりだ。由衣は、丹華の表情をみつめながら心音を静かに聴いていたが、

「後ろ向いてくれる?」

そう訊かれた丹華は、反射的に「いやや……」と、消え入りそうな声で答えた。

そして、思い切って言った。

「背中、ヘンやねん。なんか、ヘンなものができてん」

由衣は、一瞬、不思議そうな表情をしたが、すぐにやさしい顔に戻った。

「そう。ちょっと診せてもらってもいい?」

丹華は、ためらいながらも、小さくうなずいた。

由衣のほうに背中を向ける。心臓が張り裂けそうに高鳴っている。パジャマをめくり上げて、背中があらわになった。由衣が、はっと息をのむのがわかる。

「……ちょっと、触ってもいい?」

やさしい声で、由衣が尋ねた。丹華は、こくんと首を縦に振った。

なめらかな指先が、肩甲骨をそうっとなでる。少し力をこめて、ぐっと押された。

不思議なことに、触られても押されても、ちっとも痛くない。

「ごめんね、もうちょっと強く押すよ。……ここが痛いん?」

ぐっぐっと、力をこめて押されたが、やはり痛くない。むしろくすぐったい感じがする。

「こ……こそばい。なんか、くしゃみ出そう」

鼻のあたりがむずむずするようで、丹華は、はくしょん！　とくしゃみをした。

「あれっ、寒い？」由衣に訊かれて、「ううん、ちゃうねん。こそばいねん」と答えた。

「そこんとこ触られたら、痛ないけど、めっちゃ、こそばい」

「え？　ここ？」由衣が、また肩甲骨を触る。丹華は、たまらなくなって、とうとう、くすくすと笑い出した。

「やめて、やめてゆい姉。こそばい、こそばいわ」

全身をくすぐられでもしたように、丹華は体をねじって笑った。由衣もつられて、くすくすと笑い声を立てた。

「わかった、わかった。ごめんね。もうおしまいにしとこ」

パジャマの裾《すそ》を下げてくれた。丹華は、くるりと向きを変えて、由衣のほうに顔を向けた。丹華と目が合うと、由衣はにっこりと笑顔になった。その表情を見て、丹華は、なんとなくほっとした。

「……なんか、あたし、ヘンな病気になってしもたんかな？」

丹華の質問に、由衣は「そんなことあらへんよ」と、即答した。

「でもね。ニケちゃんも知ってる思うけど、私にはこの症状を『どうなってるんや』って、正確には診断できへんの。どうしてかって言うたらね、お医者さんって、専門が細かく分かれてるねん……たとえば、風邪を引いたら内科の先生、けがをしたら外科の先生。心が風邪を引いたときは、ゼロ先生や私みたいに、心療内科の先生、っていうふうに……」

「ほんなら、あたしのこれは、どの先生に診てもろたらええの？」

丹華の質問に、由衣は、うーん、と少し考えて、

「皮膚科か、外科……ひょっとすると形成外科かもしれへんねえ」

それは、意外な答えだった。自分では初経と何か関係があるかも、と思い込んでいたので、まさか皮膚と関係があるとは思わなかったし、外科はともかく、形成外科というのは、聞いたこともない診療科だ。

「皮膚科？……なんで皮膚やの？　形成外科って、なに？」

由衣は、またちょっと考えを巡らせる表情になって、慎重に答えた。

「あのね、ニケちゃん。専門外の医師が、自分の勝手な判断を患者さんに伝えるのは、私はあんまりしたないねん。お医者さんは、患者さんに、無責任な診断を伝えることをしたら、あかんと思うの。たとえば、耳鼻科の先生が、検査もちゃんとし

てないのに、交通事故にあってしまった患者さんに、『あなたの足は複雑骨折してますね、全治三ヶ月ですね、しばらく学校には行かんといてください』なんて言うたりしたら、無責任でしょ？　せやから、私も、いまのニケちゃんの症状について、正確なことはなんにも言われへんの」

そこのところはわかってね、と前置きをしてから、由衣は言った。

「私の診た感じやと、大きなおできとか、腫《しゅ》ようができたように思える……でも、骨が変形したとか、そういうふうにも見えるねん。せやから、おできやとしたら皮膚科で診てもらったほうがいいし、骨の変形やったら、形成外科になるかもしれへん」

由衣の言葉に、いったん消えかけた不安が、再び胸の中にじわじわと募り始めた。

……やっぱり。

きっと、おかしな病気なんや。ゆい姉は、はっきり言わへんけど……もしかしたら、あたし、もう……あかんのかもしれへん。

どうしよ……。

丹華の表情がくもるのを見てとったのか、由衣は「大丈夫よ、ニケちゃん」と、微笑んで言った。

「この二、三日、様子を見て、ずきずきするようやったり、痛くてたまらへんって感じやったら、私が一緒に病院に行ってあげる。せやから、心配せんかて大丈夫よ」

そして、やさしい手つきで、丹華の髪をそっとなでてくれた。それで、丹華はまた、少し安心が胸に戻ってくるのを感じた。

「ニケちゃん、いくつか教えてくれる？」

髪をなでながら、由衣が尋ねた。

「いつからこの症状が出始めたか、覚えてる？　それから、どんなときに、痛なったり、こそばくなったりするか、教えてくれる？」

丹華はうなずいて、思い出しながら答えた。

「ちょっとまえ……一ヶ月くらいまえから、痛がゆいみたいな感じになった」

「そう。それって、どんなとき？　たとえば、運動したときとか、ご飯を食べたあととか、お風呂に入ってあったまったときとか？」

丹華は、目を閉じて、一心に記憶の糸をたぐり寄せた。

どんなとき？　走ったあととか、朝目が覚めたときとか、そういうとき、やったっけ？

ううん、違う。別に、ぜんぜん、ふつうにしてるときやった。

ふつうにしてて、せやけど、なんやろ、心が、きゅーんとあったかくなったとき……。

ふいに、陽太の笑顔が、まぶたの裏に浮かんだ。

陽太の、明るい笑顔。きらきら輝いている笑顔。夢中になってサッカーボールを追いかける姿。

復興住宅のお年寄りを訪ねたとき、一生けんめい、おじいちゃん、おばあちゃんの話に耳を傾《かたむ》けている顔。

陽太の声。よお、ニケ！　遊ぼうや、と元気よく声をかけてくれる、その瞬間。

ずきん、と肩甲骨がうずいた。それは、心の動きにつながっているようだった。

あ……そうや。

陽太君のこと、考えるとき。

大好きや、って思うとき。

階下でドアがばたんと開く音がして、丹華は目が覚めた。

どのくらいのあいだ、眠っていたのだろう。ふとんの中でうとうとしているうちに、いつの間にか眠りに落ちていた。

ただいま、と部屋の外で声がして、ゼロ先生と逸騎と燦空が、揃って丹華の枕もとへやってきた。

「ニケ、調子はどないや」

ゼロ先生がやさしい声で訊いた。丹華は、こくんと小さくうなずいた。

「大丈夫……」

「そうか。熱も下がったみたいやな」

丹華の額に手を当てて、先生が言った。両脇に座っていた逸騎と燦空の心配そうな顔が、ほっとゆるんだ。

「ニケ姉ちゃん。陽太兄ちゃんが、ケーキくれてん。姉ちゃんにあげて、言うて」

燦空がそう言って、大事そうに抱えていた小さなケーキの箱を差し出した。

「ありがと……」

手を差し出そうとした瞬間、肩甲骨がずきんと痛んだ。

「痛っ……」

丹華は、無意識にふとんの中で体を丸めた。逸騎と燦空は、一瞬、息を止めた。

台所から部屋に入ってきた由衣が、はっとして、きょうだいに向かって言った。

「イッキ君、サンクちゃん。ニケちゃんは大丈夫やから、そうっとしといてあげてね。お茶いれたから、あっち行こ」

由衣に連れられて、逸騎と燦空は部屋を出ていった。ゼロ先生は、ふとんの中にもぐり込んでしまった丹華に、再びおだやかな声で語りかけた。

「ニケ。どこが痛いんか、教えてくれるか？」

丹華は、黙っていた。すぐには答えられなかった。

どこが、どんなときに痛むのか——先生には、打ち明けられない気がした。

自分の肩甲骨が痛くなるのは、どうやら、心の動きにつながっているようだったから。

陽太の笑顔、陽太の声、陽太のしぐさ。そのひとつひとつを思い出した瞬間に、背中にずきんと痛みが走る。同時に、心臓も、とくんと大きく波打つのだ。

そう気づいた瞬間に、ずきずきと細かい痛みが背中を突き抜けた。同時に、胸もどきどきしてきた。

明らかに、陽太を思うことと、体の変化が連動している。

けれど、それを由衣に話すのは恥ずかしかった。陽太に対する自分の特別な気持ちを、打ち明けてしまうことになるから。

このまま何も言わずにごまかしてしまおう、と思った。同時に、ほんとうのことをちゃんと話さないと、この「病気」はどんどん悪くなってしまうような気もした。

あのね、ゆい姉。ぜったいにぜったいに、誰にも言わんといてくれる？

ようやく決心して、丹華は念を押した。由衣が静かにうなずくのを見てから、思い切って打ち明けた。

……陽太君のことを考えたとき、ずきんって、痛くなるねん……。

「ゼロ先生。お茶冷めてしまいますよ」

ふすまがそっと開いて、由衣が声をかけた。枕もとで、心配そうに丹華の顔をのぞき込んでいたゼロ先生は、振り向いて、「ああ、わかった。いま行く」と答えた。

そして、丹華の顔をもう一度のぞき込むと、

「まあとにかく。大分顔色もええし、元気になったみたいやから、よかったわ。陽太も、えらい心配しとったで。今度の復興住宅のボランティア訪問に、ニケ、来れるんかなあ、って」

また、背中を痛みが刺した。けれど、それを先生に悟られまいと、丹華は少し顔を歪めただけで、無理やり笑顔を作ってみせた。

先生も、にっこり笑顔になると、いつものように、丹華の頭をくしゃくしゃとなでてくれた。


それからの一週間、丹華の背中の痛みは嘘《うそ》のように消えた。

心にすきまを作ると、陽太のことを考えてしまうかもしれないので、なるべく心を忙しくしようと決めたのだ。

丹華は、猛然と勉強するようになった。もともと、クラスの中では孤立していて、声をかけてくる友だちもいない。足の自由がきかないこともあって、体育のときなどは、ぽつんと校庭の片隅で、みんなが跳《と》んだり走ったりするのを遠くから見ている。登下校もひとりぼっちで、みんなからずっと離れて歩いている。

そんな状況だったから、何かに熱中しようと思えば、雑音もなく、じゃまも入らない。

算数も国語も理科も社会も、どれも嫌いではないし、興味がある。やろうと思えば、どんどんできる気がした。

佐元良家の場合、ゼロ先生の「教育方針」で、子供たちは「塾《じゅく》なし、ゲームなし」ということになっていた。その代わり、宿題や日々の勉強でわからないことがあったら、ゼロ先生が徹底的に付き合ってくれる。あくまでも「付き合ってくれる」のであって、答えを教えてくれるのではない。

逸騎などは、しょっちゅう壁に突き当たって、「ケチケチせんと、答え教えてくれや」と言ったりするのだが、絶対に教えてくれない。自分で答えを導き出すのが気持ちええんや、こんなに気持ちええことはほかにないで、などと言う。「気持ちええことを、わしが全部持っていくわけにはいかへん」と。

そんなわけで、丹華も、いつしか自発的に勉強をするようになっていた。だから、勉強への興味の角度をもう少し上げることは、そんなに難しくはなかった。

どの科目もそれなりに吸収できたが、特に、算数や理科が好きだった。算数では、計算をしてぴたりと合うと、ゼロ先生が言っている通りに「気持ちいい」感じがしたし、理科では、「わたしたちの体」の項目に、特に興味が湧いた。

自分の体に異変が起きているから、というのもあったが、ゼロ先生や由衣が近くにいるからか、体のしくみや、医療に対する興味が自然と湧いてくるのだった。

大人になったら、お医者さんになりたい。

いつしか、漠然と、そんなことを考えるようになった。

それで、病気やけがで苦しんでいる人、困っている人を、助けてあげたい。両親のようにパン屋になりたいとも思っていたのだが、両親の後を追いかけ続けるのではなく、自分自身の夢を持つようになっていたのだ。

ゼロ先生や由衣が専門としている「心療内科」というものが、どういうものか、はっきりとはわからない。けれど「心が風邪を引いた人を治してあげる」と、ずっと以前に由衣が教えてくれたことは、なんとなくわかる気がした。

体と違って、心は、目に見えないし、触ることもできない。

けれど、胸のずっと奥のほうに、それは「ある」。それが「ある」ことを、感じることができる。

けがや病気で苦しい思いをするのと同じくらい、心が風邪を引いたり傷ついたりしたら、誰だってしんどい。

だから、ゼロ先生や由衣が携《たずさ》わっている「心療内科」という医療の一分野は、とても大切なものなのだと、丹華は理解していた。

陽太のことを思ったときに、背中がずきんと痛むことを、丹華は、思い切って由衣に打ち明けた。

すると、由衣は、とてもやさしい声で言った。

そうやったんやね。ニケちゃんの背中が痛いのは、ニケちゃんの心の動きにつながってたんやね。

それやったら、心配あらへんよ。女の子なら、誰だって通る道なんやし。恥ずかしいことなんか、ちっともあらへん。

誰かを好きになるって、めっちゃ、すてきなことやもん。

その気持ち、大切に胸の中にしまっとこね――。

丹華は、由衣に言われた通り、陽太への気持ちを、しばらくのあいだはしまっておこう、と決めた。

好きな気持ちがどんどんふくらんで、もっと大きくなるにつれて、背中にできたおかしなこぶのようなものも、どんどん大きくなっていってしまいそうで、そっちのほうが怖かったのだ。

なるべく気持ちを逸らすように、丹華は勉強し、むさぼるように本を読んだ。ゼロ先生に頼んで、小学生向けの医療の本をいくつか選んでもらったりもした。『病気のひみつ』『お医者さんってどんな仕事?』『病院の本』『からだのしくみ』というような本。読み始めると、びっくりするほど面白く、夢中になってしまった。そうこうするうちに、背中にできたこぶのようなものは、いつの間にか引っ込んだ。そんなものがあったということすら、丹華はいつしか忘れてしまった。

「ニケ、お前、どうしてもうたん? 難しそうな、お医者の本ばっか読んで、おかしくなってもうたんとちゃうか」

家にいても本を読みふける丹華を、逸騎がからかった。けれど、丹華はおかまいなしだった。

そうして、何週間かが過ぎていった。

丹華は、いつも楽しみにしていた復興住宅のボランティア訪問にも行かなかった。ゼロ先生は、特に何も問わずに、その日は逸騎を連れて出かけていった。

丹華は机に『からだのしくみ』を広げて、読みふけっていた。燦空は、折りたたみ式の小さなテーブルで、おとなしくぬりえをしている。

そのうち、燦空は、ぬりえに飽きてしまったのか、丹華の近くへやってきた。

「なんの本読んでるん？」と、横からのぞき込んでくる。

「お医者さんの本や。めっちゃ面白いねんから。見てみる？」

丹華は燦空を椅子に座らせ、本を見せてやった。

体のしくみが図解されている絵を見せられて、燦空は、「わっ、なんか怖い！」と両手で顔をおおった。

「怖いことなんかあらへんよ。サンクかって、誰かって、人間の体の中は、みーんなこんなふうになってるねんから。ほら、見てみ。これが心臓やろ。これが胃。これが腸。ご飯を食べたら、口からのどを通ってな、こういうふうに胃に流れてって、腸で栄養を吸収して……」

となりに椅子を持ってきて、丹華は燦空と並んで座った。そして、ページを指差しながら、ていねいに説明した。燦空は、もう怖がらずに、前のめりになって、丹華の説明に聴き入った。

しばらくして、

「なあ、姉ちゃん。『心』は、体の中のどこにあるん？」

燦空が突然尋ねた。

丹華は、どきりと胸を鳴らして、燦空を見た。小さな妹は、真剣なまなざしをこちらに向けている。

「心？　そうやなあ、心は……このへんかな」

自分でもはっきりとはしないのだが、おそらく胸のあたりだと思うので、丹華は、心臓を指差した。

「ちゃうやん。そこは心臓やって、さっき姉ちゃん教えてくれたやんか」

丹華がわかっていないのを指摘するかのように、燦空が不満そうな声を出した。

「うーん……でもなあ。たぶん、心臓のとなりくらいやと思う。だって、心臓の『しん』は、『こころ』って漢字やねん。だから、心臓そのものが心とはちゃうとしても、そのすぐ近くなんとちゃうかなあ」

丹華が、考え考え話すと、

「うん、そうかもしれへんね。だって、サンクも、お母ちゃんのこと思い出すと、胸のへんが、なんか、しくしくするねん。それって、心が泣いてるってことなんやろ？」

燦空が言った。それで、丹華はもう一度、どきりとした。

心が泣いてる――。

小さな妹は、もう丹華の顔を見ずに、『からだのしくみ』のページをあちこちめくっている。丹華の胸に、さびしいような、せつないような、なんともいえない思いがこみ上げてきた。

あの大震災が起こったとき、燦空はわずか三歳だった。母が恋しいさかりの年頃で、父と母、両方を失ってしまった。

震災の衝撃《しょうげき》は、丹華たち三きょうだい、それぞれに深い心の傷を残したはずだ。丹華は、足にも大けがを負って、苦しくつらい思いをした。あのときのことを思い出してみると、妹のことまでちゃんと考えてあげられなかった、というのがほんとうのところだった。

それどころか、燦空は小さかったから両親のことなど覚えていないだろう、と考えていた。そして、それはむしろ燦空にとってはいいことなんだ、とも。

お父ちゃんとお母ちゃんはどこにいるん？　と、ときどき思い出したように尋ねる燦空に、ふたりとも天国にいったよ、それでお空の上からサンクのこと見ててくれてるねん、と説明した。すると燦空は、ふうん、そうなん、と、わかったようなわからないような顔をするのだった。

けれど、妹は、大震災で体験したつらいことは全部忘れて、いま目の前にあることと、遊ぶこと、お腹いっぱいにご飯を食べること、ゼロ先生や逸騎や丹華と一緒にいること、学校に行くことを楽しんでいた。少なくとも、丹華には、そう見えていた。

けれど、いま、わかってしまった。

燦空もまた、母のことを思い出して、小さな胸を痛めていた。心が泣いていたのだ。

「あっ、なぁなぁ、ニケ姉ちゃん。『しんぞうはからだのポンプ』って書いてあるよ」

燦空は、心臓の図解のページを広げて、急に明るい声を出した。そして、読みがながふってある漢字が交ざった文章を、声を出して読み上げた。

「『はしったり、かいだんをのぼったりすると、むねがどきどきしませんか。それは、からだをうごかすために、けっかんにちをたくさんおくろうとして、しんぞうが、ポンプのように、いっしょうけんめいうごくからです』」

自分が言ったことに対して、丹華が言葉をなくしてしまったのを、燦空は敏感に気づいたようだった。それで、「心が泣いてる」というひと言を打ち消そうとするかのように、楽しそうに本を読んでみせている。丹華は、直感的にそう思った。

お父ちゃんとお母ちゃんが天国へいってもうて……サンクかて、ほんまは、さびしかったのに。泣きたかったのに。

一生けんめい、がまんしてたんやな。

丹華は、燦空のことを、たまらなくいとおしく、せつなく感じた。思わず、燦空の小さな肩をぎゅっと抱き寄せた瞬間。

「痛っ」

声を上げたのは、丹華のほうだった。

肩甲骨に、鋭い痛みが走ったのだ。丹華は椅子から崩れ落ちるようにして、床にうずくまった。

「姉ちゃん⁉」

燦空がびっくりして、丹華のかたわらにしゃがみ込んだ。そして、肩をさすって、必死に声をかけた。

「姉ちゃん、どないしたん⁉　どっか痛いの？　ねえ、大丈夫？」

いままでになかったほどの激しい痛みが背中を貫く。燦空の目がおびえて戸惑っているのを見て、丹華は、「だ、だいじょうぶ……」と言いかけた。

とたんに、激痛が走り、ううっとうめいて体を丸める。明らかにいままでと違う痛みが、肩甲骨のあたりに熱をもって広がっている。

なんやの、これ……？

なんか、あたし、へん……。

痛みで頭がぼうっとしてきたが、

「うん、大丈夫……なんか、最近、体の調子がちょっとおかしいねん。大人になるんかもしれへん……」

とっさにごまかした。燦空は、不思議そうな顔になって、訊いた。

「大人になる……？　どういうこと？」

「うん……サンクも、もう少ししたら、学校で教えてもらう、思うけど、女子は、大人になるために、だんだん、体が変わっていくねん。その途中で、背中とかお腹とか、痛なることがあるんやて」

苦しまぎれに言うと、燦空は、ふうん、とつぶやいて、丹華をみつめていたが、

「お医者さん呼ばへんくってもええの？」

心配そうな声で尋ねた。

「ちょっと寝てたら治るし。……せやけど、ごめんな、姉ちゃん、ひとりになりたいねん……サンク、友だちのとこへ遊びにいっとってくれる？」

背中に走る痛みをけんめいにこらえながら、丹華が言った。

「うん、わかった。ほな、やよいちゃんとこ行ってくる」

すなおに答えて、燦空は立ち上がった。

「この本、借りてってもええ？　やよいちゃんに見せたげたいし」

机の上に開きっぱなしの『からだのしくみ』を取り上げて、燦空が訊いた。丹華は、「ええよ。ふたりで、勉強しいや」と、無理やり笑顔を作ってみせた。

いってきまあす、と燦空が出ていき、玄関のドアが閉まる音が響いた。とたんに、全身にどっと汗が噴き出し、丹華は、はあはあ、はあはあ、苦しそうに息をして、畳の上にうずくまった。

自分の体に何が起こっているのか、さっぱりわからない。けれど、重大なことが起こっている気がした。

な……なんやろ。

なんか、出てくる……。

あたしの中から。背中を突き抜けて。

熱く、まぶしく、輝く何かが……。

背中の内側が、ぐん、と盛り上がる感触があった。丹華は、歯を食いしばって、トレーナーをまくり上げると、脱ぎ捨てた。

あ……。

背中を貫いていた痛みが、ふっと遠のいた。かわりに、やってきたのは、うっとりするような感覚。

すうっと体が宙に浮かぶような、軽やかな感じ。たったいま、この世に生まれ落ちた瞬間にも似て。

この光に満ちた世界を、生まれて初めて見た。そんな気さえする、目を開けていられないほどのまぶしさ。

その瞬間、丹華は、光に包まれているかのようだった。

小さく身震いをして、屈めていた体をゆっくりと起こした。

背中に、びりびりとした感覚が走った。丹華は、固く閉じていたまぶたを開けて、目の前に両手をかざして見た。腕が背中に移動してしまったかのような、奇妙な感覚を覚えたからだ。

胸のうちにわき起こる、驚きと、恐れと、かすかな興奮。

丹華は、片手を背中に回し、そうっと触ってみた。――背中を突き抜けて、そこに生まれ出た何かを。

その何かとは――羽、だった。

自分の体に、いったい何が起こったのか。

さっぱりわからず、丹華は、子供部屋の学習机の前で、ぼんやりと座り込むばかりだった。

背中に「生えて」しまった、その不思議なもの――小さな羽のような――は、卵の殻を破って出てきたヒヨコの濡《ぬ》れた羽のように、ぴょこん、ぴょこんとなさけない動きをした。手首をくい、くいっと動かすような感覚がある。なんともくすぐったい感触だ。

丹華は、鏡の前に行くと、裸の背中を鏡に向けて、恐る恐る振り向いた。

「……はあ？　何、これ……？」

思わず、声に出して言ってしまった。

うっそお。……羽？　羽が生えたん？

鏡のすぐ前まで近寄って、丹華は目を凝《こ》らした。離れて見ると、子供の腕のようにも見えたのだが、近寄ってみると、それは明らかに「羽」だった。血に濡れてぼそぼそしている白い羽は、腕をぎゅっと縮こまらせたように、小さくなっている。

うわ……これって、自分で動かせるんやろか？

丹華は、背中にぐっと意識を集中してみた。腕が背中に移ったと思って、両腕を広げる気持ちで、ぐっと。

背中にくすぐったい感じが走り、びりびりと電気が走ったような気がした。すると、縮こまっていた「羽」が、ぶるぶるっと震えて、ゆっくりと、腕を広げるように、ふわっと開いたのだ。

「うわあ……」

鏡の中で、開いたり閉じたりする小さな「羽」を、丹華は目を丸くしてみつめた。自分の意志で動かすとか、そういう感じではない。歩くとき、自然に両腕が前後するように、頭がかゆいとき、思わず手が伸びるように――「それ」は、腕や足や頭と同様、体の一部として、もともとあったかのごとく、ふつうに動くのだった。

さっきまで、死ぬかもしれない、と思うほど苦しい何分間かがあった。けれど、「羽」が生えてしまったいまは、何も起こらなかったかのように、けろりとしている。むしろ、不思議なくらい明るい気持ちが丹華の中にあった。

ついこのままで、陽太のことを思うたびに、背中に奇妙な痛みが走り、おかしな病気になってしまったんじゃないかと気をもんでいた。

ついさっき、亡くした母を思っていまだに「心が泣いてる」とつぶやいた妹をいとおしく、せつなく思って、涙がこぼれそうになった。

それなのに、いま。この気持ちはどうだろう。

もう大丈夫。心配はいらない。

きっと、何もかもうまくいく。

めいっぱいの、前向きな気持ちが、ごく自然に丹華の中にあふれていた。

朝、ふかふかのふとんの中で目覚めて、カーテンを開ける。太陽が昇って、青空をすみずみまで照らしている。花の香りのするやわらかな風が、開け放った窓からそよそよと吹いてくる。うんと気持ちのいい、楽しい一日が始まる。

ぜったいに晴れてほしいと、てるてる坊主を軒下に下げて迎えた遠足の日、雨上がりの朝。そんな感じ。

それにしても……。

「めっちゃちっさいけど……どう見ても、『羽』やろ?」

丹華は、鏡の中の自分に問いかけた。

信じられない。

まさか、自分の背中に羽が生えるなどと、どうして想像できるだろうか。

鏡の中の自分の姿が現実のものであるとは、とても思えなかった。

大きさは、丹華の背中の四分の一くらい。ノートを広げたくらいだろうか。湿った羽毛は、次第に乾いて、ふんわりとしてきた。そのせいか、本格的な羽っぽく見えてきた。まるで、白い小鳥が背中にとまって、翼を広げているような……。

やっぱり……羽や。ほんまもんの、羽や。

背中に意識を集中すると、ふぁさ、ふぁさ、小さな羽が、拍手でもするように動いた。丹華は、「うわあ」と思わず大きな声を出した。

「すっごい！　信じられへん！」

ふぁさ、ふぁさ、ふぁさ。二度、三度、羽が動く。なんだか、ちょっとくすぐったい。

丹華は、再び、背中に手を伸ばして、羽のゆるやかなラインを、そうっとそうっと触った。ぴくぴく、ぴくぴくと、羽が震えるように動く。やさしくなでられて、気持ちよく、喜んでいるかのように。

ああ……なんか、めっちゃ気持ちいい。

背中にすうっとあたたかな感触を覚えて、丹華は、またうっとりとなるのだった。羽は、すっかり体の一部のようだった。手がすべる通りに、背中の端から端まで、羽の感触を感じる。羽の先を触れれば、まるでつま先をちょこちょことくすぐられているような具合だ。笑い出してしまいそうになって、ちょっと力をこめると、ふるる、と先のほうが震える。

何より驚いたのは、色だった。かすかに血のにじんだそれは、積もったばかりの新雪のように純白だった。汚れもしみも、ひとつもない。まぶしいほどの白い色を鏡の中に見て、丹華は、夢を見ているような気分になった。

それから、ちょっと強く引っ張ってみた。ほんとうに背中にくっついているかどうか。腕を引っ張られているようで、ちょっとやそっとでは「もげたり」しない感じだった。きっと叩いたりつねったりしたら痛いだろう。

羽は、完全に、丹華の体の一部だった。

そう理解した瞬間に、ひやりと背中に冷たいものが走るのを感じた。

いったい、何が起こったのかまったくわからないが、とにかく、自分の背中に突《とっ》如《じょ》として羽が生えてしまった。

これ自体、夢ではない。確かに「現実」なのだ。けれど、どう考えても、「非現実的な現実」なのだった。

体じゅうの血が、さあっと引いていく。丹華は、急に胸がどきどきして、苦しくなってしまった。

こんな体で……学校に行かれへん。


ニケちゃんに、羽が生えた?

うっそぉ。なんか、ヘンな病気になってもうたん?

オバケになってもうたんとちゃう? だって、羽の生えてる人間なんか、いてへんもん。

いやや、こわい! ニケちゃん、オバケに、なってもうた!

近寄ったらあかん。ヘンな病気、うつるで!


クラスメイトたちのささやき声が、耳にこだまする。丹華は、思わず、両手で耳をふさいだ。

ヘンな病気……?

それとも、もしかしたら、「突然変異」とか、そういうの……?

絵本とか映画とかで、見たことがある。満月の夜になったら、人間が急にオオカミに変身するとか……。

丹華は、ため息をついた。すると広がっていた羽は、しおれた花のように、力なく背中にくっついてしまった。

羽からは、力がすうっと抜けていくようだった。羽は、傷ついた小鳥のように、再び小さく縮こまった。

こんなふうになってしまった自分の姿を見て、同級生、逸騎、燦空、それにゼロ先生は、なんて言うだろうか……。

再び、ひやりと冷たい汗が背筋を流れる気がした。

おっちゃん――。

おっちゃんは、どない思うやろ。絶対、びっくりするはずや。

もうお前みたいなヘンちくりんな子供は、うちの子やない！　とか、言うやろか……。

こんなん、おっちゃんに見せたら、もう、ここん家《ち》の子でおられへんかもしれへん。出てけって、言われるかも……。

――出ていけ！

お前みたいな化けもんは、もううちの子とちゃうわ！

気色悪いわ、いますぐ出ていけ！


幻の声、ゼロ先生の声が、丹華の耳に響く。

おっちゃんに限って、そんなことを言うはずあらへん――と思っても、どこからか幻の声が聞こえてくる気がした。

突然、背中に激しい痛みが走った。あうっ、とうめいて、丹華は、その場に再びうずくまってしまった。

小さな岩のように体を丸めて、丹華は羽を震わせ、ううっ、ううっ、と何度もうめいた。

痛い、痛い……せ、背中が……。

あ、熱い……やけどしたみたいや……。

丹華は、震える手を伸ばして、羽の根もとに触れた――が、

「あつっ」

あまりの熱に驚いて、一瞬で手を引っ込めた。その拍子に、手の甲が、羽にぶつ

かってしまった。

――ぱさっ。

乾いた音が、耳をかすめた。丹華は、一瞬、息を止めた。

一対の羽は、かすかな血のあとをにじませて、あっけなく、丹華の背中から落ちた。真っ白いノートを、畳の上に広げたかのように。

あ……。

あわてて羽に手を伸ばし、取り上げた、次の瞬間。

それは、真っ白な砂のようになって、さらさらと指のあいだをこぼれ落ちていった。

12

阪神・淡路大震災の発生から、六年がたった。

春らんまん、満開の桜の花が少しずつ散り始めた頃、丹華は中学二年生になった。

さもとら医院の二階の部屋で、毎朝、丹華は、制服を着るまえに、下着姿で姿見に向かって背中を向ける。そして、恐る恐る、振り向いてみる。

すらりと、すなおな背中。まっすぐに、しゃんと伸びている。

それから、右手を伸ばして肩甲骨に触ってみる。ごつごつした骨がある。けれどそれは骨であって、骨以外のものではない。

それで、ようやくほっとする。

肩甲骨の部分には、ほとんど傷あとは残っていない。指で押しても、別に痛くはない。出血もなく、異様な盛り上がりもない。

よし、と口の中でつぶやいて、ようやく制服に袖を通す。

「姉ちゃん、朝ご飯できたよ」

ドアの向こうで、燦空の声がする。

「入ってもええ？」

「うん、ええよ」と丹華が返事をする。

ドアが開いて、トレーナーとジーンズ姿の燦空が入ってきた。ポニーテールを揺らして、燦空は丹華のとなりに立つと、「おはよっ」と、鏡の中の丹華に向かって言った。

「おはよ」丹華が答えると、

「どない？　うちのヘアスタイル、決まっとぉ？」などと言う。

小学四年生になった燦空は、すっかりおしゃまな女の子になった。最近はモーニング娘。が大好きで、おこづかいをためて買ったＣＤプレイヤーで、毎日聴いている。ときどき、姿見の前に立って、モーニング娘。の振り付けで、ひとりカラオケをやったりしている。そんな妹を見るにつけ、ほんま元気やなあと思わずにいられない。

台所では、制服の白いシャツにエプロンをつけて、逸騎が味噌汁をお椀《わん》によそっているところだった。

「ほらほら、はよせえ。ニケ、お前今日『朝練』ある日とちゃうんか？　もう七時半過ぎとぉぞ」

朝食と弁当を作るために、そして流行のくしゃっとした感じの髪型をキメるために、逸騎は家族でいちばんの早起きだった。

地元の普通高校の一年生になった逸騎は、身長もぐんぐん伸び、すっかり男らしくなった。カノジョはいるのかいないのか、誰にも教えてくれなかったが、学校ではけっこうモテているらしい。高校卒業後の希望進路は調理専門学校で、これは小学生のときからちっともブレていない。毎日、せっせと家族のための食事と、自分と丹華の弁当を作る。手製の弁当を持ってくる、というあたりも、女子にウケている要因なのだ……というのは、すべて逸騎が自分で言っていることなので、信用できないが。

「え、そうやったっけ？　今日何曜日？　木曜日？」

丹華が訊くと、

「あほ。金曜日や。きのう『渡る世間は鬼ばかり』見たやろ」

逸騎が言った。丹華は「うわ。ほんまやっ」と叫んで、

「兄ちゃん、はよう！　『朝練』始まってまうやん！」

「せやから言うたやろ。弁当もうできとぉから、はよ朝飯食え」

丹華は、ご飯に生卵を落として、ぐるぐるかき混ぜて、一気に口の中に流し込んだ。

「こら。花も恥じらう十三の乙女が、おっさんみたいな食い方するんやない」

新聞を片手に台所に入ってきたゼロ先生が、後ろから丸めた新聞紙で丹華の頭をぽかんと叩いた。

「いったぁい。何すんねん」

丹華が振り向くと、ゼロ先生は笑って言った。

「ほらほら、文句言うてるひまがあったら、さっさと行かんかい、朝練」

はあい、と丹華は立ち上がった。「ほい弁当」と、逸騎が、片手でゼロ先生に味噌汁のお椀を出し、片手で丹華に弁当箱の包みを差し出した。

「ありがと。いってきます」

「おう、気ぃつけてな。寄り道はほどほどに帰ってこいよ」ゼロ先生が言う。

「姉ちゃん、今日帰り『もくれん』に寄るん？　それやったら、うちも行くぅ」

燦空がテーブルの下で足をばたばたさせる。「にぎやかなやっちゃな、お前は」と、ゼロ先生が横から突っ込む。

「たぶん寄るけど、今日は集中して読みたい本があるから、じゃませんといて」

ちょっとすまして丹華が言うと、「えー、つまらへん」と、燦空がむくれた。

「本ばっか読んどぉから、彼氏がでけへんねん、姉ちゃんは」

「うるさい。ほっといて。あんたこそやろ」丹華がやり返す。

「ってやっとぉうちに、三分経過やぞ。はよ行けっちゅうねん」

逸騎に言われて、「ヤバい！」と丹華は、あわてて階段を降りた。

「階段はゆっくり、やで！　こけるなよ！」

二階から、ゼロ先生の声が追いかけてくる。丹華は、肩をすくめた。

これが、最近の佐元良家の日常。

何事もなく、おだやかで、ときどき何もなさすぎて退屈だけど、それでも家族四人、元気いっぱいの毎日を送っていた。

表に出ると、どこからともなくいいにおいがする。丹華は、胸いっぱいに深呼吸した。

近所で朝ご飯のしたくをするにおい。いっぱいに咲く花のにおい。洗いたてのシーツのにおい。

さりげない生活のにおいが、路地裏にあふれている。

あの大震災で壊滅的な被害を受けた街並みも、いまではすっかり復興された。

けれど、もと通りになったわけではない。もと以上にきれいになったのだ。

すみずみまできちんと整備された街。ごちゃごちゃしていた路地裏もすっきりしたし、商店街にもぴかぴかの店舗が並んだ。

もちろん、いいことだと思う。街には活気も戻ったし、大きなビルや住宅棟もできて、人の流れも変わった。

それでも、街が新しい姿に生まれ変わるのと同時に、失わなければならないものがあったのも事実だ。

もともと住んでいた人たちの中で、この街を出て行かざるを得ない人が少なからずいた。

家を失ったり、仕事を失ったり、家族を失ったりして、もうここにはいられなくなってしまった人々。

丹華たちきょうだいが通った学校、駄菓子屋や食堂、公園なども、新しく建て替えられたり、整備されたりして、もと通りではなくなった。

そして何より、「パンの阿藤」。

丹華たちの両親が営んでいたパン屋の跡地には小さな雑居ビルが建ち、一階には新たにカフェができていた。

もともと、二階建ての住居付き店舗を借りて、両親は一階でパン屋を営業し、阿藤一家は二階に住んでいた。震災後、家主は店舗をビルに建て替え、新しくテナントを入れた。

「パンの阿藤」があった場所に、五年まえに入居したのが、カフェ「もくれん」だった。

丹華は、中学生になってから、ふと、もとの家の前を通りかかって、カフェができたことを知った。

どんなところだろうと気になって、それから何度も、学校の帰りに店の前を通ってみた。

商店街の通りに面している窓から中をこっそりのぞくと、木のテーブルと椅子が何組かと、本棚《ほんだな》にたくさんの本が並んでいるのが見えた。白いコットンのシャツを着た、おだやかな笑顔の女のひとが、お客さんとおしゃべりしているのも。

あるとき、思い切ってドアを開けた。店内にお客さんの姿はなく、カウンターに座った女のひとが、ひとり静かに本を広げて読みふけっているのをみつけたから。

窓際の席に座って、好きな本を広げている自分の姿が、なんとなく心に浮かんでしまったから。

振り向いた女のひとは、すぐに立ち上がって、にっこりと笑いかけてくれた。

「いらっしゃい。いつ入ってきてくれるんかなって、思てたんよ」

「もくれん」のオーナー、妙子《たえこ》さんは、いつも窓の外からこちらをのぞいている女の子がいることを、知っていた。

それから、丹華は、学校の帰りに「もくれん」にときどき立ち寄るようになった。学校の図書館で借りた本を抱えて、あるいは店の本棚からお気に入りの一冊を取り出して、窓際の席に陣取って、読みふける。とても幸せな時間。

豊かな寄り道を心行くまで楽しむ。丹華は、いつしかそんな少女に成長していた。


二年まえ、丹華の体に唐突に訪れた異変。

あのときのことを、いまでも、日に一度は思い出す。

特に、朝、目が覚めたとき。無意識に、手が背中に伸びる。肩甲骨を触って、「羽」が生えてきていないかどうか、確かめる。

すべすべの背中には、何もない。ほっとする。

同時に、なんやったんかな、といつも思う。どうして、あんなことになったのか、不思議でたまらない。

確かに、あのとき、自分の背中に羽が生えた。

何かおかしなことが自分の体に起こりつつある――という前兆はあった。一ヶ月くらいまえから、奇妙な感覚があった。まるで自分が何か別のものに生まれ変わっていくような。

たとえば、蝶《ちょう》の幼虫が変態するとき――かちかちのさなぎになって、やがて殻を破って出てくるとき。まだ濡れた羽を、ゆっくり、ゆっくり広げるとき。あんな感じじゃないだろうか、などと思い描いてみる。

生まれてから一度も経験したことのないような――そう、大震災で足をけがしたときよりも――苦しくつらい瞬間があった。体じゅうを引っかき回す、激しく渦巻《うずま》く衝動があって、それから、背中が裂けてしまうほどの痛みと、燃え上がるような熱。そのすべてを乗り越《こ》えて、羽が生えてきたのだ。

そして、羽が生えたあとの気持ちのよさ、すがすがしさといったら。それもまた、天にも舞い上がるような、たとえようもないほどのすばらしさだった。

大丈夫、きっと大丈夫。何もかもうまくいく。

どこからともなく、そんな言葉が聞こえてきた。ふつふつと、体の芯《しん》から勇気が湧いてきた。

あの不思議な、希望に満ちた瞬間――。

いま思い出しても、ぼうっと気が遠くなってしまう。それはそれは幸福な時間だった。

冷静に考えれば、そんな状態のままで、学校に行けるわけもないし、生活もできるわけがない。――いや、それ以前に、羽が生えるなんてこと自体、ありえないことなのだから、夢だったのかもしれないが。

あっけなく、羽は背中から落ちた。髪の毛が抜け落ちるように、すらりと背中から外れてしまった。

ぱさりと畳の上に落ちた一対の羽。

丹華は、あっけにとられて、ほんのりと血のにじむ真っ白な羽をみつめていた。

それからあとのことは、切れ切れにしか覚えていない。

取れてしまった羽を、命を落とした白い子猫を抱きすくめるかのように、あわててすくい上げた。すると、羽は白い砂のようになって、丹華の両手の中からさらさらとこぼれ落ちた。

丹華は、ぼう然としたが、すぐに我に返って、砂をかき集め、黒いポリ袋に入れてしっかりと口をしめたあと、どうしようかと思案して、結局、洗面台で水に流してしまった。

家族に、ゼロ先生にみつかってはいけない、それだけは絶対にだめだ、と思った。

せやけど、なんで?

なんにも悪いことしてへんのに、なんでみつかったらあかんって思うんやろ?

悲しいようなせつないような思いが、胸いっぱいに広がった。けれど、こらえるほかはなかった。

それから、しばらくして、燦空が帰ってきた。丹華は、おかえり、とにこやかに出迎えて、何もなかったように言った。

——おっちゃんらが帰ってくるまでに、ふたりで晩ご飯のしたく、しよか。


最近の丹華には、楽しみがふたつ、あった。

ひとつは、カフェ「もくれん」に寄り道すること。読書したり、カフェのオーナー、妙子さんとおしゃべりしたり。一日のうちで、いちばんほっとできる時間になった。

もうひとつは、図書室で開かれている朝の読書会に参加すること。丹華は、このことを、朝の部活に励む級友の真似をして「朝練」と呼んでいた。

読書は、もうすっかり丹華の生活の一部になっていた。

「あのこと」が起こって以来、丹華はずっと、人間の体のしくみや、どうして病気になるのかについて、興味を持ち続けていた。ゼロ先生や由衣が専門にしている「心の病気」にも、大いに関心があった。そして、将来、ゼロ先生や由衣のような医者になりたいとの思いをいっそう深めていた。

「どうやったらお医者さんになれるん？」

「あのこと」から何日かたって、あるとき、ゼロ先生に尋ねてみた。すると、

「ぎょうさん、ぎょうさん本を読むことや。それから、毎日宿題をきちんとすること」

とても単純な答えが返ってきた。けれど、小学生の読める簡易な医学書などは、そうそうない。『からだのしくみ』というような本は、図書室で借りてほとんど読んでしまったので、「もう全部読んでしもてんけど……」と言うと、

「お前は、どんな医者になりたいんや？　医者ゆうても、いろいろあるんやぞ。手術する外科医やろ、風邪やら内臓系を診る内科医やろ……内臓系の中でも細かく分かれとぉねん。消化器内科やら循環器《じゅんかんき》内科やら……それに眼科医、歯科医、耳鼻咽《じびいん》喉《こう》科医……」

「いろいろある」を並べ立てられたが、丹華は、きっぱりと言った。

「あたし、おっちゃんみたいな先生になりたいねん。心の病気を治すお医者さん」

ゼロ先生は、じいっと丹華の顔をのぞき込んで、「ほんまにか？」と訊いた。

丹華は、うん、と大きくうなずいて「ほんまにや」と答えた。

すると、先生はにっと笑って、

「それやったら、やっぱり、ぎょうさん本を読むこと。なんでもええ、小説でも、歴史の本でも、手《て》塚《づか》治虫《おさむ》のマンガでも……興味のある本を、どんどん読んだらええ」

そう言った。

それから、いっぱいいっぱい友だちと遊ぶこと。友だちが悩んでいたら、どうやってその悩みを解決したらいいか、一緒に考えてあげる。逆に、自分が悩んでいたら、友だちに打ち明けて、一緒に考えてもらう。そんなふうにしたらいい。

「そんなことするだけで、おっちゃんみたいな先生になれるん？」

ちょっと驚いて訊くと、

「ああ、そうや。いまは、そんなことだけをしとったら、それでええんや」

先生が笑って言った。

ゼロ先生が教えてくれた、ふたつのこと。友だちに悩みを相談したりされたり、というのは難しかった。丹華には、悩みを打ち明けられるような友だちがいなかったのだ。

ただひとり、陽太が、とても大切な友だちだった。けれど、「あのこと」があって、丹華は、陽太のことを考えるのをやめた。

陽太は、相変わらず元気に少年サッカーチームで活躍していて、最近では復興住宅への訪問もなかなかできないくらい忙しくしている、とゼロ先生から聞かされた。元気なんやな、と丹華は、それだけでうれしかったが、それ以上は考えないようにした。

「あのこと」と陽太がどういうふうに関係しているのか、あるいは関係ないのか、わからなかったが、心にすきまができてしまうとあれこれ考えてしまう。だから、一生けんめい読書をしたし、勉強もした。そのうちに、読書することが何より楽しく感じられるようになった。

ゼロ先生のような医者になるために、いましておくべきふたつのこと。そのうちのひとつ、いっぱいいっぱい読書をすることなら、確実にできる。

悩みを打ち明け合えるような友だちには、恵まれていないけど……。

そんなこともあって、丹華は、人一倍読書をするようになった。

中学生になってからも、丹華は、もの静かで、いつも机の上に本を開いている、どちらかというと地味な生徒だった。けれど、国語も英語も数学も理科も社会も、とにかくよくできた。塾に行っているわけでもないし、家に帰って猛勉強をしているわけでもない。それでも常に学年でトップスリーに入る成績だった。「ニケちゃん、すごい」「宿題教えて」と、いつの間にかクラスで頼られる存在になっていた。

「朝練」では、小説を好んで読んだ。そして、「もくれん」では、店に置いてある本、つまり妙子さんの本で、少し難しい本を読んだ。歴史書、哲学書、そして美術の本……。

「こんにちはあ」

カフェ「もくれん」のドアを開けて、丹華が店に入っていった。カウンターで本を読んでいた妙子さんが、振り向いて「おかえり」と笑顔を見せた。

「今日は早かったんやね。『質問攻め』はなかったん?」

いつもの窓際の席に座ると、妙子さんが水とおしぼりを持ってきた。丹華は、「うん。今日は逃げてきてん」と言った。

級友たちが、その日に出た宿題の難しいところを、下校まえに丹華に教えてもらおうとやってくる。「もくれん」に来るのが遅くなったとき、「『質問攻め』にあってもうて……」と丹華が言うのを、妙子さんは面白がった。まるでニケちゃんが担任の先生みたいやね、と。

丹華が大好きなカフェオレを、妙子さんが運んできてくれる。それをひと口すって、読みかけの本のページをめくる。丹華が一日のうちでいちばん好きな瞬間だ。お店にお客がいなければ、妙子さんもカウンター席に座って、自分の読書の続きをする。ふたりでおしゃべりを始めて、終わらないときもある。仕事が終わったゼロ先生が、迎えにくることもあった。そんなときは、先生もおしゃべりの輪に加わって、延々話が続いてしまい、逸騎から店に電話がかかってくることもある。「えぇ加減帰ってこいや！　夕飯とっくにできとぉぞ！」。イッキ君まるでお母さんみたいやね、と妙子さんが笑う。

丹華にとっては、妙子さんこそが母のように感じられるのだった。

四十歳の妙子さんに、どことなく母の面影が重なった。丹華の母親も、亡くなったとき、妙子さんと同じような年齢だった。

短く髪を切って、小柄でほっそりしていて、いつも笑顔で、いいにおいがする。母も、そういう感じの人だった。

母と同じ和やかな空気をまとった妙子さんと一緒にいると、丹華はふんわりとやさしい気持ちになるのだった。

妙子さんは子供の頃に父親を亡くし、ひとり暮らしの母親は、須磨《すま》区で長年喫茶店を営んできたのだが、震災で店が全壊してしまった。母親は、そのときのけががもとで、一年後に他界した。

東京の出版社に勤めていた妙子さんは、震災後、会社を辞めて母の介護のために須磨に戻ってきたが、母を亡くしてから、新しくカフェを開こうと決めたのだった。母がいれてくれるコーヒーが大好きだったから。お店で常連客と楽しそうに会話している母の姿が忘れられないから。

今度は、自分がそういう場所を作ろうと決めたのだった。そして、長田の「パンの阿藤」があった場所を偶然みつけ、カフェをオープンしたのだった。

むかし、ここにパン屋があったことを、妙子さんは知らない。

そして、ここで丹華の両親が天国へと旅立ったことも、丹華は妙子さんに話さなかった。

あたりの風景はすっかり変わってしまった。住人も、店も新しくなって、あの頃とは何もかも違っていた。

父も母も、もういない。

そして、自分はあの頃より、ちょっとだけ大人になった。

この場所にいるとたまらなくなつかしくなる。そして、涙が浮かぶ代わりに、不思議と微笑みがこぼれるのだった。

その日も、丹華は、カフェオレを味わいながら本に没頭し、そのあとには妙子さんと終わらないおしゃべりを楽しんでいた。

そのうちに、お客が増えてきたので、ようやく丹華は席を立ち、帰りじたくを始めた。

「ごめんね、妙子さん。またおしゃべりし過ぎてもうた」

丹華が言うと、妙子さんはコーヒーをドリップしながら、「ええねんよ。また来てね」と、にこやかに答えた。

丹華が出ていこうとドアに向かったとき、背後で電話が鳴った。「はい、『もくれん』です」と、妙子さんが応対するのが聞こえる。

「ああ、イッキ君。ニケちゃん、いま、帰るとこ……」

ドアの前で立ち止まり、丹華は振り向いた。

カウンターの向こうで、受話器を握りしめたまま、絶句する妙子さんが見えた。

妙子さんは、がちゃりと受話器を置くと、丹華を見た。そのまなざしは、震えていた。

「ニケちゃん。……ゼロ先生が……倒れた、って……」

13

長田区にある総合病院の救急外来入り口に、サイレンを鳴らして救急車が到着した。

移動ベッドに乗せられ、酸素マスクをつけられたゼロ先生が、あわただしく院内へと運ばれていく。血の気の失せた顔をして、逸騎がそのあとを小走りについていった。

丹華と燦空は、「もくれん」の妙子さんに連れられて、救急棟の廊下でぼう然と立ち尽くしていた。

「おっちゃん、どないしてしもうたん？　大丈夫なん？　なあ、姉ちゃん？」

燦空が、丹華に向かって訊いた。ふたりは、知らず知らず、手をつないでいた。妹の手をぎゅっと握って、丹華は「わからへん……」と答えるしかなかった。

「大丈夫やて、サンクちゃん。ともかく、いまは待つしかあらへん。さ、あっち行って座ってよ。な？」

不安で泣き出しそうな燦空を、妙子さんがなだめた。三人は待合室へと移動した。丹華と燦空は、しっかりと手を握り合ったまま、長椅子に腰かけた。

「ちょっと電話してくる。ここで待っててな」

妙子さんは燦空の頭をなで、大丈夫やで、というように、丹華の肩をやさしく叩いてから、待合室を出ていった。

丹華は、壁にかかっている時計を見上げた。八時過ぎだった。暗い窓の中に、長椅子にぽつんと座るふたりの少女の姿が映し出されていた。

誰もいない待合室にいて、丹華は、自分と燦空がふたりきりで世界じゅうから取り残されてしまったような、たまらなくさびしい思いがこみ上げてきた。

どないしよ。……このまま、おっちゃんが帰ってこなかったら。

そんな思いが、丹華の胸をかすめた。そのとたん、どきりと胸が鳴った。

え……それって、どういうこと？

おっちゃんが、このまま、死んでしまうってこと？

胸の鼓動が、急激に高まる。丹華は、ごくりとつばを飲み込んだ。

そんな、そんなこと。絶対にあらへん。

おっちゃんは、いっつも、あたしらのこと守ってくれた。

あたしらと一緒におってくれた。

あたしらを、助けてくれた。

せやけど、もし、このまま……帰ってきてくれへんかったら、どないしよ。

どないしたらええ？

そう思いながら、丹華は、力をこめて燦空の手を握りしめた。うつむいていた燦空は、顔を上げて、丹華の横顔を見た。

「姉ちゃん……おっちゃん、きっと、大丈夫やんね。だって、おっちゃん、いっつもうちらのこと、めっちゃ気にしてくれてんねんもん。うちらを置いて、遠くへいったりせぇへんよね」

丹華は、はっとして、妹の瞳を見た。燦空は、不安をかき消そうとするように、丹華に向かって微笑みかけた。丹華は、そうや、と思い直した。

おっちゃんは、あたしらを置いて、ひとりで遠くへいったりせぇへん。——絶対に。

「うん。サンクの言う通りや。おっちゃんは大丈夫や。何があっても大丈夫なんがおっちゃんやもん。……姉ちゃん、いまちょっとだけ、そのこと忘れとったわ」

丹華の言葉に、燦空がふふっと笑った。丹華も、ようやく笑顔になった。

待合室に、妙子さんが入ってきた。両手に紙コップを持っている。そして、「お待ちどおさん。はい、これ」と、コップをふたりに手渡した。

「自販機のやけど、飲んだら落ち着くで」

ミルクとコーヒーの香り。丹華は、その香りをすうっと吸い込んで、ひと口飲んだ。甘くて、ほんのり苦い味が口に広がる。ふっと気持ちが軽くなった。

燦空も、こくんと飲んで「おいしい」と小さな声で言った。妙子さんは、にっこりと笑った。

しばらくして、待合室の入り口に由衣が現れた。肩で息をついている。妙子さんから連絡を受けて、大急ぎで駆けつけてくれたのだ。

「ゆい姉！」

燦空が駆け寄って、しっかりと抱きついた。由衣は、燦空を抱きしめて、「大変やったね、サンクちゃん」と、背中をやさしくなでた。それから、丹華の顔を見ると、心配な気持ちを隠し切れない様子で訊いた。

「ニケちゃん……先生は？　いま、どうしてはるの？」

「救急治療室に入ってはるわ。イッキ君が、そっちの近くで待機してる」

丹華の代わりに、妙子さんが答えた。

相変わらず三宮の病院に勤務している由衣も、長田にやってきたときは、必ずカフェ「もくれん」に立ち寄っている。妙子さんとは、すっかり打ち解けた仲だった。

「先生が倒れたときは、サンクちゃんがそばにいてたんやね？　どんな感じやったか、教えてくれる？」

由衣が尋ねると、

「いつもと、一緒やった……」燦空は、途切れ途切れに言った。

「兄ちゃんが……ご飯のしたくしてるときに、急に……急に、胸が苦しい、って……はあはあ、めっちゃ苦しそうな、息して……すぐに、救急車呼んでくれ、って……」

思い出しながら、燦空は泣き出しそうになった。由衣は、燦空の背中を、もう一度やさしくなでて、言った。

「そう。わかったから、もうええよ。急なことで、びっくりしたやろ」

うん、と燦空はうなずいた。そして、

「ゆい姉。おっちゃんが……おっちゃんが……おれへんなったら、うち、いやや」

こらえきれずに泣き出した。ずっとがまんしていたのだろう、一度泣き出すともう止まらなかった。由衣にしがみついて、燦空は、声を上げて泣いた。

妹の泣きじゃくる様子をみつめるうちに、丹華の目にも涙が浮かんだ。けれど、丹華は、腕で涙をぬぐって、一生けんめい、がまんした。

泣いたらあかん。

胸の中で、自分に向かって言った。

あたしが泣いたらあかんねん。いちばんしんどいんは、おっちゃんやもん。

だけど……どないしよ。涙が……。

となりに立っていた妙子さんが、丹華の肩をぐっと抱き寄せた。そして、とてもやわらかな声で言った。

「大丈夫や、ニケちゃん。もうちょっとの辛抱やで」

丹華はうなずくと、両腕で、もう一度目と鼻をごしごしこすった。

ゆい姉と妙子さんがいてくれてよかった。

燦空とふたりきりだったら、どうしていいかわからず、迷子になってしまったように不安だったことだろう。

燦空が泣き止むのを待って、由衣は、姉妹にやさしく声をかけた。

「イッキ君のことも心配やし、ちょっと様子見にいってきてもええかな?」

目と鼻を真っ赤にして、燦空はうなずいた。丹華もうなずいたので、由衣は、妙子さんに向かって言った。

「じゃあ、私、イッキ君のとこへ行ってきます。妙子さん、ふたりをお願いします」

「こっちは大丈夫やから。そっちも、イッキ君のこと、お願いします」

妙子さんが答えた。

それから、どのくらい時間が経過しただろう。

丹華と燦空は、手を握り合ったまま、妙子さんと一緒に、ひたすら待った。

逸騎と由衣が戻ってくるのを。ゼロ先生に会える瞬間を——。

燦空は、いつしか丹華の膝枕で、すやすやと寝息を立てていた。丹華も、すっかり疲れてしまって、うとうとしていた。ときどき、かくんとなって目が覚める。妙子さんが、ふっと微笑んで、

「ニケちゃん。ここ。ここに枕、あるよ」

自分の肩をちょいとつついて、「ほら」と、丹華の頭を抱き寄せた。

「ありがと……」とつぶやいて、丹華は、すなおに妙子さんの肩に頭をくっつけた。

とろんと眠気のヴェールが降りてくる。妙子さんは、いいにおいがした。香ばしいコーヒーのにおいと、バタートーストのにおいと……。

……お母ちゃん。

丹華は、声には出さずに心の中で呼びかけた。

お母ちゃん。お父ちゃん。お願い、おっちゃんを守って。

遠くへ連れていかんといて。

ニケは……ニケは……おっちゃんが、大好きやねん。

ニケは、おっちゃんのこと、血はつながってへんけど、それでもニケのお父ちゃんや、って思てるねん。

ニケだけと違う。イッキ兄ちゃんも、サンクも、おっちゃんは、あたしらのお父ちゃんやって、思てる……。

ほんまのお父ちゃんは天国にいってしもうたけど、おっちゃんが、あたしらのお父ちゃんになってくれたんや。

おっちゃんは、お父ちゃんとお母ちゃんの代わりに、ずっとずっと、あたしらのそばにおってくれてん。

これからも、ずっとそばにおってほしいねん。あたし、ずっと、ずうっと、おっちゃんのそばにいたいねん。

おっちゃんが、大好きやから。だい・だい・だいすき、やから……。

すうっと、涙がひとすじ、まなじりから落ちていった。同時に、背中にずきりと痛みが走った。

あ……。

丹華は、目を見開いた。

ずきん、ずきん、ずきん。心臓の鼓動に連動して、背中に痛みが走る。丹華は、思わず息を止めた。

きた……。

あれや。

あれがまた、背中に……？

「……ニケちゃん？　ちょっと、どないしたん？　顔が真っ青やんか」

丹華の異変に気づいた妙子さんが、驚いて、頬をさすった。すっかり血の気が引いてしまっていたが、丹華は、けんめいに首を横に振った。

「だ……大丈夫。ちょっと、お腹が痛いねん……」

「ちょっと待っとき、看護師さん呼んでくるから」

椅子から立ち上がろうとした妙子さんの腕を、丹華はぎゅっとつかんだ。

「行かんとって。妙子さん、そばにおって……」

「せやけど……」

そのとき、待合室の出入り口に、由衣と逸騎が現れた。はっとして、丹華は顔を上げた。

逸騎は疲れ切った表情だったが、丹華と目を合わすと、うっすらと微笑んだ。

「兄ちゃん……おっちゃんは……？」

丹華の問いに、逸騎はそっとうなずいた。

「……大丈夫や」

ふうっと肩の力が抜けた。長くて難しい試験の時間が、ようやく終わった瞬間のような心地がした。同時に、新しい涙がこみ上げた。

——よかった。

おっちゃんは、やっぱり、あたしらのそばにおってくれるんや。

「兄ちゃん。うち、おっちゃんに会いたい」

目を覚ました燦空が、逸騎に向かって、すぐさま言った。由衣が、燦空のそばにきて、肩にそっと手を置いた。

「いまは、お薬で寝てはるんよ。そうっと、会いにいこか」

うん！　と元気よく答えて、燦空はうれしそうに立ち上がった。

丹華たちは揃って廊下を進んでいった。いつの間にか、背中の痛みは嘘のように消え去っていた。

その日、丹華たちは、午前零時《れいじ》を過ぎてようやく帰宅した。

妙子さんとは家の前で別れ、由衣は翌日が非番だったので、泊まっていってくれることになった。きょうだい三人だけでは不安だったので、丹華は、ほっと胸をなで下ろした。

すっかり疲れてしまったのだろう、燦空は帰りのタクシーの中で眠ってしまった。家に到着して、ふにゃふにゃしているのをやっとのことで車の中から連れ出し、ようよう階段を上がらせた。体は大きくなったものの、やはり燦空はまだまだ小さな女の子なのだ、と丹華はなんだかおかしかった。

ふとんの中で安らかな寝息を立てる妹の顔に、さっき病室で見たゼロ先生の寝顔を重ねる。

ひとしきり苦しんで、生死の境をさまよったあと、どうにか命をつないだ。酸素マスクをつけてはいたが、おだやかな様子だった。先生の寝顔を見て、丹華は、またしても涙がこみ上げてしまった。今度はどうにか、こぼれるのをがまんしたけれど。

丹華が妙子さんと「もくれん」から家へ駆け戻ったとき、先生は両手で自分の胸をつかみ、苦しそうに途切れ途切れの息をして、畳の上にはいつくばっていた。顔は真っ白で、脂汗《あぶらあせ》がにじみ、だんだん、だんだん、意識が遠ざかっていくようだった。

救急車が到着するまでの、永遠のように長い数分間。逸騎がほうぼうへ電話をし、燦空が妙子さんに抱きついて泣きべそをかいていたときに、丹華は、どうすることもできなかった。

苦しむ先生を目の前にして、足がすくみ、手が震え、ただただ、立ち尽くすことしかできなかった。

いやや、いやや。死んだらいやや。

ニケを置いていかんといて。

震災で崩れ落ちた家、めらめらと燃え上がる炎。あの日の記憶が生々しくよみがえった。あのときも、自分はどうすることもできず、ただただ、泣きじゃくった。

母が、父が、遠くへいってしまうのを、止めることができなかった――。

ふすまがすらりと開いて、由衣が顔をのぞかせた。

「ニケちゃん、イッキ君がホットミルク作ってくれたよ。なんにも食べてないでしょ。飲んでから、寝よ」

丹華はそっと部屋を出て、台所へ行った。あたたかな湯気を立てて、ホットミルクの入ったマグカップが三つ、テーブルの上に並んでいた。

「はあ。ようやく人心地がついたわ」

ミルクをひと口飲んでから、ため息をついて逸騎が言った。「ひとごこち」などと言って、大人ぶって見せているが、たしかにその夜いちばんがんばったのは、間違いなく逸騎だった。

「ほんまに、お疲れさま。ふたりとも、ようがんばったね」

由衣に言われて、逸騎は少し照れくさそうに笑った。そして、

「ほんまのこと言うたら、おれ、まじでビビった。このまんま、おっちゃんが死んでしもうたらどないしよ、思て……」

逸騎もまた、恐れていたのだ。父母亡きあとに、自分たちを育ててくれたかけがえのない人を失ってしまったら――いったいどうすればいいのかと。

ゼロ先生の容態が落ち着いたあと、逸騎と由衣は、当直の医師から説明を受けた。

先生が突然倒れてしまった原因は、先天的な心臓疾患の悪化によるものだった。心臓から全身に血液を送り出す大動脈の弁に、もともと問題があったらしい。薬と応急処置でどうにか持ち直したが、心不全も起こしており、できるだけ早く開胸手術を受けたほうがいい。しかしながらこの病院には専門の医師がいないので、早期の転院を勧めると、ふたりは言われたのだった。

ゼロ先生が、朝夕欠かさずお薬を飲んでいたのは、そういうわけだったのか、と丹華はようやく理解した。

「それって、すぐ手術をしたら、治るんやろ?」

丹華は、緊張で再び胸が高鳴るのを感じながら、そう訊いた。

由衣はうなずいて、答えた。

「早めに、腕のいい先生に担当してもらえれば、きっと大丈夫やと思う……でも、人気の先生は順番待ちやから、いつ頃になるか……」

ふと、暗い雲が由衣の眉間にかかった。逸騎は、由衣の表情が変わったのを気にしてか、

「いつ頃って、どういう意味やねん」と、少し不機嫌な声を出した。

「そんなん、すぐに決まっとぉやろ。おっちゃんとゆい姉のネットワークで、腕の

ええ先生みつけられるんとちゃうんか。ゆい姉、誰かええ先生知ってるんとちゃうんか。なあ、そうやろ?」

由衣は、不安げな顔を上げた。

「ひとりだけ……知ってる。……せやけど、この近くにはいてはらへん。東京の大学病院に勤務してはるねん」

「東京……」逸騎と丹華は、同時につぶやいた。

「その先生は、すごく腕がいいって、評判の心臓外科の先生やねん。せやけど……東京にいてはるし……」

由衣の言葉が全部終わらないうちに、ばん、と勢いよく逸騎がテーブルを叩いた。丹華は、びっくりして目を見開いた。由衣も、はっとして逸騎を見た。

「何弱気なこと言うてんねん。そのお医者がいちばんやてゆい姉が思うんやったら、その人に手術してもらうに決まってるやろ」

おっちゃんを絶対に助けたる。——なみなみならぬ決心が感じられるまなざしだった。丹華もまた、同じ気持ちだった。

祈るような思いで、丹華は訊いた。

「なんていう先生?」

由衣の瞳に、戸惑いの色が浮かんだ。ほんの少し沈黙してから、丹華をみつめ返して、由衣は思い切ったように答えた。

「祐也《ゆうや》先生。……佐元良祐也……」

14

ゼロ先生が倒れ、救急車で運ばれて緊急入院した翌日。

逸騎と丹華と燦空は、学校から帰ってきてすぐ、三人揃って病院へ行った。

妙子さんも由衣も、それぞれに、朝、電話をしてきて、一緒に行くよと言ってはくれたが、逸騎が、おれらだけで行くから、と断った。てか、おれら、三人でちゃーんと見舞いくらい行けるゆうとこ、おっちゃんに見せたいし……と言って。

丹華は、その日、ずっとそわそわして、授業中も上の空だった。早く終われ、授業終われと、そればかりを念じて、ようやく学校が終わると、すっ飛んで帰った。

逸騎と燦空も、まったく同じようだった。三人は、かばんを置くと、制服のままで、
ゼロ先生の入院先の病院まで、バスを乗り継《つ》いで出かけていった。

ゼロ先生の病室は、三階の四人部屋で、先生の横たわるベッドは、部屋のいちばん奥の窓辺にあった。

少しだけ開いた窓から、かすかに風が忍び込んでくる。淡いベージュのカーテン

が、ふわりと丸みを帯びて、風のかたちに揺れている。

ベッドの上のゼロ先生は、目を覚ましていた。そして、天井に向かって、メガネもかけずにぼんやりと視線を放っていた。

白髪《しらが》交じりのぼさぼさの頭。こけた頬には、白いひげが点々と生えている。点滴がつながれた腕は、力なく折れた枝のようだった。

逸騎も、丹華も、燦空も、入り口に突っ立ったまま、なぜだか先生の近くへとすぐには歩み寄れなかった。三人とも、黙ったままで、しばらく先生の様子をみつめていた。

おっちゃん。

声には出さずに、丹華は、心の中で呼びかけた。

よかった。……おっちゃん、生きとってくれて。

丹華は、もう、胸がいっぱいになってしまった。なかなか足が前に出ない。燦空も、立ちすくんでいる。

すると、逸騎が、ぽん、とふたりの妹の背中を叩いて、軽く前へと押した。丹華と燦空は、同時に、部屋の中へと入っていった。

「……おっちゃん！」

燦空の声に、先生の顔が、ふっとこちらを向いた。

「おお、お前ら……来てくれたんか」

三人がベッドへ歩み寄ると、先生は弱々しい微笑みを浮かべた。

「学校、行ったんか？　ここまでどないして来たんや？」

「学校、ちゃんと行ったで。三人で、バスで来てん。三回乗り換えたけど、全然、平気やった！」

燦空が元気いっぱいに言うと、「そうか、そうか」と、先生はうれしそうに目を細めた。

逸騎は、先生の枕もとに立って、「なんや。意外と元気そうやんか」と、わざと楽しげな声で語りかけた。

「ほんで、どっこも苦しないんか？　ちゃんと飯食うたんか？」

先生は、逸騎を見上げると、

「なんやお前、親父みたいな態度やなあ。ちゃーんと、おまんまも食べさせてもろたで。栄養計算カンペキで、塩分控えめの……おかゆ」

先生の言葉に、三きょうだいは、くすくすと笑った。丹華は、思いのほか先生が元気そうだったので、うれしくてうれしくて、舞い上がってしまいそうだった。

と、その瞬間。

背中に、ずきんと痛みが走った。あの痛みが。

丹華は、あっと声を上げそうになったが、あわてて自分の口を両手でふさいだ。

そのまま、笑い声をこらえているふりをした。

痛みは、ほんの一瞬で、そのあと、潮《しお》が引くようにすうっと消えた。が、丹華の胸は、早鐘《はやがね》を打っていた。

おかしい。なんか、あたし、またヘンなことになっとぉみたいや。

昨日も、おっちゃんのことを一生けんめい考えてたときに……おんなじように、あの痛いのが、きた。

なんか、背中がむずむずする。もしかして、あれが、また……？

「どないしたんや、ニケ。お前、顔色が悪いぞ」

先生に言われて、丹華は、はっとした。急いで頭を横に振ると、「ううん、別に。なんでもあらへん」と、笑顔を作った。

「お前らには迷惑かけるな……わし、こんなんなってもうたから、しばらく病院に世話にならんといかんやろ。そっちは三人きりで、大丈夫か」

逸騎が、「おう、任しとけや」と、勇ましく返事をした。

「ってか、もともと料理はおれが作っとったし、掃除も洗濯も、全部、おれらが分担してやっとったやんか。何心配してんねん。病人やねんから、自分の体のことだけ心配しとったらええねん」

「そうやった、そうやった」先生が、笑って答えた。

「ほんまに、うちの子らはできる子やなあ。わしも鼻が高いわ。もし、わしがおらんようになっても、きっと大丈夫……」

「そんなこと、言わんとってよ」丹華は、思わず口をはさんだ。

「おらんようになったらて……そんなん言わんとって。元気になって、はよ帰ってきて」

切実な声に、先生は、一瞬、言葉をなくしたようだった。けれど、すぐに、優しいまなざしになって、

「せやな。ニケの言う通りや。……はよ元気になって、帰らなあかんな」

静かな声でそう言った。きょうだいたちは、三人とも、ほっと表情をゆるめた。

「ほんでな、おっちゃん……これからのことやねんけど」

長時間の面会は控えてくださいねと、ナースステーションにあいさつに行ったとき言われたからか、逸騎は、余計な話はあまりせずに、単刀直入に切り出した。

「おっちゃんは医者やから、回りくどい言い方しても仕方ない思てる。せやから、はっきり言うけどな。すぐにでも、手術してほしいねん」

逸騎と丹華は、ゼロ先生の病状と、手術の必要性について、病院の担当医に加えて、由衣からも詳しく聞かされていた。どちらも、先生がいまどんな状態なのか、わかりやすく説明してくれた。それは、ひと言で言い換えることができた。——すぐにでも心臓外科の手術をしなければ、いつ死んでもおかしくない状況だ、というひと言に。

さらに、由衣は、ゼロ先生の手術を、誰よりも確実に成功させることができるだろう医師が東京にいる、と教えてくれた。

一刻も早く、その医師が手術をしてくれれば、先生は、きっと助かるはず。

その医師の名前は——。

「おっちゃん。祐也先生に、手術、頼もうや」

逸騎の言葉に、一瞬、横たわったままの先生の肩がぴくりと揺らいだ。

先生は、顔を逸らして、再び天井に視線を放った。それから、静かに目を閉じた。

胸の中に吹き荒れる嵐が通り過ぎるのを、待つかのように。

丹華は、息を凝らして、先生の様子をみつめた。

どうか、「わかった」と言ってくれますように。「すぐにそうしよ」と言ってくれますように……。

祈るように先生をみつめるうちに、ずきん、ずきんと背中が痛み始めた。けれど、もうそんなことはどうでもよかった。ただ、先生が「手術を受ける」と言ってくれること、その返事を聞くことだけに、丹華は、全神経を集中させた。

「――祐也か」

ふうっと息をついて、先生は、何かをあきらめたかのようにつぶやいた。

「聞いたんやな……由衣から」

逸騎は、こくりとうなずいた。

「うん。聞いた。全部……」

そう言ってから、消え入るような声で、「すまん……」と言った。

先生の横顔に、ふっと笑みが浮かんだ。

「何あやまってんねん。あやまるようなことと違うやろ」

それから、天井をみつめたままで、

「いつかは、お前らに、きちんと話さなあかん、思てた。わしの口から、きちんとな……結局、由衣に言わせるやて、わし、あかんたれやな。……卑怯《ひきょう》もんや」

丹華は、あわてて頭を横に振った。

「おっちゃんは、卑怯もんなんかと違う。そんなこと、言わんとって」

先生は、ゆっくりと顔を三人のほうに向けた。そして、丹華の目を見て、小さな声で言った。

「……『言わんとって』て、今日は、二回も、お前に言われてしもたな」

先生の目が、微笑んだ。やさしい、あたたかなまなざしだった。

「ニケ。お前、ほんまに、やさしい女の子になったなあ」

そう言って、先生はふっつりと黙りこんだ。

丹華の背中が、今度は、ちくんと、かすかに痛んだ。

ふっと、涙がこみ上げた。先生が、遠くにいってしまいそうで、急に怖くなった。引き止めたかった。先生を、なんとしても。自分たちのそばに。


ゼロ先生が一命を取り留めた夜。逸騎と丹華は、台所のテーブルで、心配して駆けつけてくれた由衣と向かい合っていた。

先生が心臓の持病をもともと持っていたこと、予断を許さない状況だが、なるべく早く手術をすればおそらく治るだろうことを、由衣はふたりに打ち明けた。

さらには、その手術を確実に、迅速《じんそく》にできる医師が東京にいることも教えてくれた。

その医師の名前は、佐元良祐也。

そう聞いて、逸騎と丹華は、同時に「さもとら？」と訊き返した。

「おれらと……おっちゃんと、おんなじ苗字や」

逸騎が言うと、由衣は、少し苦しそうな表情になって、うなずいた。

「ゼロ先生の……息子さんなの」

えっ。

丹華は、思わず体を硬くした。

おっちゃんの……息子？

それって、あたしらと違って……おっちゃんの血のつながった子供？

六年以上も一緒に暮らしてきて、ゼロ先生は自分の身の上について、きょうだい三人に話したことはほとんどなかった。

ただ、一度だけ、大震災が起こった年に、幼かったきょうだい三人に向かい合って、打ち明けてくれたことがある。

神戸市の児童福祉相談員が、仮設住宅に入ったゼロ先生ときょうだいたちを訪ねて、これからどうするのか、協議をしにきた日のことだ。

きょうだいは三人とも、遊びにいってこい、と外へ出されたのだが、丹華は、何かただならぬものを感じて、こっそりと仮設に戻り、窓のすきまから中をそっとのぞいてみた。後ろ姿しか見えなかったが、先生は、何かすまなそうにして、小さくなって、相談員に向き合っていた。

ずっとあとから知ったのだが、そのとき、相談員は、三きょうだいを施設に入れてはどうかと勧めにきたらしかった。祖父母はとうになく、頼れる親せきもいない。三人と血縁のないゼロ先生が養育する義務はないので、施設に入れるのが最善策だろうと。

先生は、それを拒否した。そして、三人を養子にすると決心したのだった。

その夜、先生は、大切な話がある、ときょうだい三人を呼び寄せた。丹華は、やはり、先生の様子にふつうではないものを感じ、体を強ばらせて先生の前に正座した。逸騎も、同様だった。燦空だけが、何もわからずに、人形を膝に抱いて、あどけない顔をしていた。

——わしには、家族はおらんのや。

先生は、そう切り出した。

嫁さんが、おったんやけど……震災で、亡くしてしもてな。で、ひとりっきりになってしもたんや。

これからさきも、死ぬまで、ずうっとひとりっきり。そんなん、空し過ぎるやろ？

せやから、わし、お前らと一緒に、もういっぺん、家族をやり直そ思てる。

もし、もしも、お前らがいややなかったら。

お前ら、わしの子供になってくれへんか？

いやいや、別に、お父ちゃんて呼んでくれへんかて、ええねん。いままで通り、おっちゃん、て呼んでくれたらええ。

せやけど、わしなあ。お前らが、めっちゃ好きやねん。

お前らが、大きなって、はばたいてくんを、この目で見たいねん。

もし、もしも、許してくれるんやったら……。

イッキ。ニケ。サンク。

おっちゃんの子供に、なってくれへんか？

やさしく、あたたかく、包み込むように、先生は三人に語りかけた。

丹華は、先生の話を聞くうちに、なんだか体がぽかぽかしてきて、くすぐったい気持ちでいっぱいになった。そして、うん！　と元気よく答えて、先生に思い切り抱きついた。

あたし、おっちゃんの子供になる！

燦空がそれを見て、サンクも！　と、負けじと抱きついた。少し照れくさそうにしていた逸騎も、遅ればせながら、おれもやっ！　と先生の背中に抱きついた。

あたし、おっちゃんと、ずうっと一緒にいるねん！

おう、そうしよ、そうしよ。わしら、ずうっと一緒や。

先生が、丹華と燦空の頭をなでて、うれしそうに言った。

ずうっと、ずうっと？　燦空が訊くと、
ずうっと、ずうっと、ずうっとや。と、先生が答えた。

ずうっと、ずうっと、ずうっと。

あれから、ずうっと、ゼロ先生と三きょうだいは、約束通り、一緒に生きてきた。

父と母がいないさびしさを忘れることができたのは、先生と一緒にいられたから。

足が不自由で苦しい思いをしても、がんばってこられたのは、先生が励ましてくれたから。

勉強を必死にがんばれたのも、先生にほめてもらいたかったから。

いままでも、これからも、あたしたちは、ずうっと一緒や。

そう信じてきた。いまも、そう信じている。

けれど、先生は、ひとりじゃなかった。先生には——血のつながった、しかも医者をしている、息子がいたのだ。

ふと、丹華の記憶の中で、足のけがの手術で入院していたとき、耳にした会話がうっすらとよみがえった。ゼロ先生と、誰かが口論していた。その誰かは、ゼロ先生に、親父、と呼びかけていた。

ひょっとして——あれが、おっちゃんの息子？

「祐也先生はね、いま、若手で一番優秀だって言われている心臓外科医やの。ゼロ先生とは、その……いろいろ、あってね。祐也先生が東京へ行かはってから、ゼロ先生は、もう、ずいぶん長いこと会ってはらへんねん……手術を担当してくれるかどうか、わからへんけど、頼んでみる価値はあると思う……」

テーブルの上のマグカップを両手で包み込んだまま、彫像のように動かなくなってしまっていた逸騎は、青ざめたくちびるを動かして言った。

「ゆい姉。……知ってるんやったら、教えてくれへんか。なんで……なんで、おっちゃんは、息子がおるゆうて、おれらに言うてくれへんかったんやろ」

由衣は、はっとしたように、逸騎を見た。

「それは……」由衣が言いよどむと、

「もしかして、おれらを養子にしたから、その人はおっちゃんのこと、怒ってるんと違うか。勝手なことすな、思てるんと違うか。おれらは、その人にとって……おっちゃんにとって、じゃまやったんと違うか？」

「そんなことあらへんよ、イッキ君。そんなこと……」

由衣は、思わず身を乗り出した。逸騎は、強いまなざしを由衣に向けた。

「それやったら、なんでおっちゃん、おれらにその人のこと言わへんかったんや？教えられへん理由があったからやろ？」

「違う。違うねん」

「ほんなら、なんでいままで隠しとったんや⁉」

逸騎が叫んだ。丹華は、びくっと肩を震わせた。

由衣は、うつむいて、テーブルの上に組んだ自分の両手に視線を落としていた。返すべき言葉を探しているようだった。丹華は、くちびるをかんで、目を伏せた。

――おっちゃん。

なんで、教えてくれへんかったん？　兄ちゃんが言う通り、その人は、おっちゃんがあたしらを養子にしたことを、怒ってるから……？

せやったら、おっちゃんは、その人と、もう会われへんの？

おっちゃんの手術。……おっちゃんの命。

助けてもらえへんの？

「ゆい姉。あたし……」

丹華は、顔をぐっと上げて、由衣を見た。そして、声に力をこめて、言った。

「あたし、その人に会いにいく。おっちゃんを助けてくださいって、頼みにいく。……いま、すぐに」

土曜日の朝、丹華は、逸騎と由衣とともに、東京行きの新幹線に乗っていた。新幹線に乗るのは、これが二度目だった。初めて乗ったのは、小学校六年生のとき。修学旅行で九州へ行った際のことだ。

クラスの中ではもの静かな丹華は、そのときも、はしゃいでいる友だちの輪の中に入っていけず、窓際の席に座って、流れゆく景色を眺めていた。家族から離れて、見知らぬ土地へ行くのは、わくわくするというよりも、なんだかさびしいような気がしていた。ほんとうは、修学旅行自体、そんなに乗り気ではなかったのだけれど、いっぱい新しい体験をしてくるんやで、とゼロ先生に送り出されて、出かけたのだった。最終日になる頃には、同室の子たちとも打ち解けて、笑顔いっぱいで帰宅したことを覚えている。

五日ぶりの家への帰り道、ほんの五日間だけだったのに、すごくひさしぶりに帰ってきたような、なつかしくてたまらない気がした。なんだか照れくさいような、うれしいような、くすぐったい気分で、丹華は、ただいま！　と玄関のドアを開けた。

おかえり！

いつも以上に元気よく、先生と、逸騎と、燦空、みんなで迎えてくれた。

みんなにおみやげを手渡し、見てきたもの、聞いたこと、友だちとの会話、旅行中に起こったさまざまなできごとを、丹華は一生けんめいに話した。ゼロ先生は、にこにこして、そうか、そうかと、話のいちいちにうなずいていた。

えらい楽しかったんやなあ、と言われて、うん、楽しかった！　と答えた。ゼロ先生は、いっそうやさしく目を細めて、
みやげ話を聞かせてもろて、まるで、わしも一緒に連れてってもろたような気分や。おおきに、ニケ。

そう言った。

いつか家族みんなで一緒に新幹線に乗って、旅行に行きたいな。そのとき、丹華はそう思った。

でも四人で行くとなると、うんとお金がかかる。大人になってからでもいい、たとえば自分がお医者さんになって、ゆい姉みたいに病院に勤めて、お給料をもらう

ようになったら、まっさきに家族旅行を計画しよう。そうだ、そのときは、ゆい姉も誘って、妙子さんも誘って……。

そんなことを考えて、ひとりでわくわく、夢を見ていた。

そして、いま。

思いがけないかたちで、丹華は、再び新幹線に乗っていた。

ただし、家族全員と、ではない。三つ並びの席で、窓際に丹華、真ん中に由衣、通路側に逸騎が座っていた。三人とも、新神戸を出てから、会話も弾《はず》まず、なんとなく口を閉ざしたままだ。

行き先は、東京。逸騎も丹華も、初めての東京だ。ただし、遊びにいくわけではない。

「あ、富士山《ふじさん》」

ふいに、由衣が言った。逸騎と丹華は、通路をはさんで左側の窓を見た。

車窓の向こうの風景の中に、ぽっかりと富士山が浮かんでいる。新幹線は猛烈なスピードで移動しているにもかかわらず、富士山は、ゆっくり、ゆっくりと後方へ流れていく。丹華は、その日初めて「うわあ」と明るい声を出した。

「あれ、ほんまもん？　めっちゃ大きい」

驚いて言うと、

「そう、ほんまもんよ。おっきいでしょ？　日本一の山やもんね」

由衣も、明るい声で言った。

「昔の人は、いま新幹線が走ってる『東海道』を、歩いたり馬を使ったりして、江戸から関西へ来ててんよ。大井川《おおいがわ》も、橋があらへんところを渡って……いまは、ほんの三時間足らずで着くけどね。当時は大変やったんやろなあ」

由衣は、場の空気を和まそうとしてか、そんなことを話してくれた。丹華は、富士山が見えなくなるまで——といってもほんの十数秒だったが——身を乗り出して眺めていたが、逸騎はちらりと見ただけで、またうつむいてしまった。

イッキ兄ちゃんの頭の中は、きっと、これからしにいく難しい話のことで、いっぱいなのだろう。

丹華はそう思った。もちろん、自分の頭も、そのことでいっぱいではあったけれど……。

ゼロ先生の息子、若手の心臓外科医の第一人者、佐元良祐也先生に、会いにいく。

そして、ゼロ先生の容態を話し、すぐにでも手術してもらえるようにお願いする。そのために、東京まで、祐也先生に会いにいく。

丹華は、そう決めた。

お金のこととか、日程のこととか、どうやって手術に臨んでもらうのかとか、細かいことを考えればきりがない。けれど、何がなんでもゼロ先生を助けたい、そのたったひとつのことしか、もう丹華の心にはなかった。

逸騎の気持ちもまた、同じだった。誰よりもゼロ先生の体のことをわかっているのは、血を分けた息子である祐也先生なのだと、直感していた。そして、親子なのだから、多少の無理はきいてくれるに違いないと。

ゼロ先生の容態は、決して楽観視できるものではない。いまは薬で抑えているものの、次に大きな発作が起きたら命にかかわる。一刻も早く手術をする必要があった。

もちろん、神戸近辺で心臓外科の手術をできる医師がいないわけではない。が、ゼロ先生の心臓には先天的な疾患があり、心不全も起こしている状況で行う手術には高度な技術が必要なのだと、由衣が教えてくれた。その点、祐也先生は、ゼロ先生と似たような症状の患者の手術を数多く手がけており、すべて成功させてきたという実績があるのだと。

そこまでわかっているのなら――そして親子なのだから――祐也先生にゼロ先生の手術を頼みたい、と丹華たちが考えるのはごく自然なことだった。

しかし、逸騎と丹華の意向に反して、由衣はすなおに首を縦には振らなかった。

ここまできたら、もうすべてを包み隠さず話さなければならないだろうと、由衣はふたりにほんとうのことを教えてくれた。

そもそも祐也先生が心臓外科医への道を進んだのは、ゼロ先生のためだったという。だが、ゼロ先生も、祐也先生も、震災のときに起こった事件がもとで、親子関係が断絶状態にあるという。

だから、ゼロ先生は自分の手術を祐也先生に頼むのを遠慮するだろうし、祐也先生は、すなおに引き受けることができないだろう。実際あの後、ゼロ先生の口から祐也先生の名前が出ることはなかった。

親子の仲を引き裂いた、決定的な「事件」。――それは、震災に巻き込まれて命を落とした、ゼロ先生の妻である昭江《あきえ》さん――つまり、祐也先生の母を巡る一件だった。

震災の起こった日、ゼロ先生と昭江さんは、さもとら医院の二階にある自宅で就寝中だった。

　祐也先生は、当直で、勤務していた病院——由衣が現在勤めている神戸市立三宮病院で、当時、同院でインターンをしていた由衣は、ゼロ先生を通じて祐也先生のことを知っていた——に詰めており、不在だった。

　一月十七日午前五時四十六分、轟音とともに巨大な地震が起こった。あっという間に、ゼロ先生の診療所兼自宅は倒壊してしまった。

　ゼロ先生は、幸運にも、がれきのすきまからすぐに抜け出すことができた。ところが、昭江さんは、首から下を重いがれきに押しつぶされてしまっていた。

　昭江、昭江！　しっかりしろ、昭江！

　叫びながら、ゼロ先生は必死にがれきをどかそうとしたが、コンクリートの大きなかたまりはびくともしない。救急車を呼ぶにも、電話はどこかに吹っ飛んでしまった。周囲の家もおしなべて崩壊。叫び声や喘《あえ》ぎ声、助けを求める声があちこちから響き渡っていた。

　そうこうしているうちに、後方から火の手が上がり、みるみるうちに炎が広がった。ゼロ先生は、なおも、昭江！　昭江！　と叫びながら、コンクリートをどかそうと、力任せにがれきを掘った。

めらめら、めらめらと、炎が迫る。早く助け出さなければ――！

するとそのとき、気絶していた昭江さんが、ふと意識を戻して、――ゼロさん、といつものように、先生に呼びかけた。

――ゼロさん。もう、ええよ。はよ、行って。

先生は、汗だくになって、何言うてんねん、アホ！　と叫んだ。

――お前を置いていけるわけないやろ！　もうちょっとで助かるで、もうちょっとや。がんばれ昭江、がんばれ！

――あたしはもう、動かれへん。なあ、ゼロさん。はよ、行って。町のみんなを助けてあげて。きっと、助かる命もあるやろから。

――アホ！　お前がおらんようになったら……おらんようになったら……わしは、どないして生きていったらええんや⁉　助けたる、待っとれ、いま助けたるっ！

――アホは、あんたや。助かる命を助けるんが、あんたと祐也の仕事やないの。頼むから、はよう。さあ、行って。行ってえな。

昭江さんは、目を閉じた。それっきり、まぶたを開かなかった。

ゼロ先生の頬を、ぼろぼろと涙がこぼれた。その涙を腕でぬぐって、ゼロ先生は、両手で昭江さんの顔を包み込んだ。昭江、昭江と呼びかけて、ほこりまみれの顔を、何度も何度もなでた。

炎が、恐ろしい勢いで燃え上がっていた。倒壊したさもとら医院に、火の手が一気に迫った。

おおい、誰か！　誰か手を貸してくれ！　こっちにけが人がおる、まだ息があるで！

どこかで誰かが叫ぶ声に、ゼロ先生は、はっとした。そして、声がしたほうに向かって、一目散に駆け出したのだった。

由衣の話を聞いて、丹華は、途中から涙があふれ、止まらなくなった。逸騎も、同じだった。ふたりは、昭江さんをどうにか助けようと必死になったゼロ先生がきっとそうしたように、何度も何度も、手の甲で涙をぬぐった。話しながら、由衣も、目を真っ赤にしていた。

「あの大混乱の中で、昭江さんを置いていかなあかんかったんは、ゼロ先生にとっては、つらいつらい決断やったと思う。誰も先生を責めることはできへんと思う。でも、祐也先生は……」

――なんでおふくろを見殺しにしたんや！

祐也先生は、長田区の臨時診療所で再会した父に、激しい言葉をぶつけた。

震災発生から、すでに三日が経過していた。自身も、勤務先の神戸市立三宮病院で、けが人の緊急処置に奔走《ほんそう》していて、ようやく実家のある町に戻ってきたときのことだった。

ゼロ先生は、倒壊した家の中に昭江さんを残して、ほかの被災者の救出にあたったことを息子に打ち明けた。母さんは、もうあかんかったと思う……せやけど、わからへん。ひょっとすると、まだ生きとったかもしれへん……わしはあいつを置き去りにしたんや。自責の念に耐えかねて、ゼロ先生は息子にそう話したのだ。

祐也先生は怒りを爆発させた。悲しみと怒りに任せて、祐也先生は言った。

——おれは、このさき一生、あんたを許すわけにはいかへん。覚えとってくれや。おれは死ぬまで、おふくろを見殺しにしたあんたを、恨み続ける——。

祐也先生は、それから三日間、悲しみを押し殺して長田区の臨時診療所で患者の治療にあたった。それから、三宮の病院へ戻り、一年後には東京の病院に転職して、二度と長田に戻ることはなかった。

逸騎と丹華、ふたりとも、言葉を失った。

あまりにも、あまりにもゼロ先生がかわいそうだった。つらすぎる結末だった。

先生は、妻と息子、つまり家族を、あの震災で失った。けれど、そんなことがあったとは、丹華たちには少しも話さず、悲しい表情もせず、両親を失った三きょうだいを、あたたかく見守り、元気いっぱいに育ててくれたのだ。

あの震災で、昭江さんと同じく、がれきにはさまれて動くことができなかった母の姿が、丹華の脳裏によみがえった。

目の前で、母が炎にのまれかけている恐ろしい光景。いったい何が起こったかもわからず、逃げようにもがれきにはさまれて動けない。痛みと恐怖で、全身が凍りついてしまっていた。

そこに飛び込んできたのが、ゼロ先生だった。

ゼロ先生は、動けなかった丹華と、恐怖に足をすくませる逸騎と、泣き叫ぶ燦空を、あの生き地獄のような場所から救ってくれた。

助かる命を助けるんが、あんたと祐也の仕事やないの――という、昭江さんの最《さい》期《ご》の言葉そのままに。

「……祐也先生は、ほんまに、おっちゃんのことを一生許さへんのやろか」

鼻の頭を赤くして、逸騎がぽつんと言った。

「おっちゃんが、昭江さんの最期の言葉通りに行動したゆうこと……そんで、おれらが助かったゆうこと……おれ、祐也先生に伝えたい」

丹華も、同じ気持ちだった。

祐也先生に会って、話したい。ゼロ先生に助けてもらって、自分たちがどんなに感謝しているか。どんなに幸せだったか。

どんなにゼロ先生のことを好きか——。

そう思った瞬間、背中の肩甲骨あたりが、ちくん、と痛んだ。

はっとしたが、もう驚かなかった。

丹華は、もうとっくに気づいていたのだった。自分の心の動きと、背中の「あの痛み」が、深く関係していることに。

そうや——あたしは、おっちゃんが大好きやねん。

大好きって気持ちになったときに、背中に羽が生えるみたいな気持ちになるねん。

ああ、そうや。もういっかい、羽が生えたらええのに。そうしたら、いますぐ祐也先生のとこへ飛んでいく。おっちゃんを助けてって、お願いするために。

いますぐに……飛んでいきたい！

「ゆい姉、お願い。あたしらを、祐也先生のとこに連れてって」

こみ上げる涙を、今度はけんめいにこらえて、丹華は言った。ちくん、ちくんと痛みが背中に走る。けれど、そんなことはもう、どうでもよかった。

「ゆい姉が行かれへんのやったら、祐也先生の病院がどこか、教えて。あたしと兄ちゃんで行ってくるから」

丹華の申し出に、由衣は驚いて目を見開いた。逸騎が、「そうや。おれら、ふたりで行ってくるわ」と、丹華に続いて言った。

「いままで貯めとったこづかいが、それなりにあるし……ゆい姉に、迷惑かけたない。おれらだけで、行ってくる」

兄の言葉に、丹華も、こくんとうなずいた。

「あたしらには、そんなことくらいしか、できへんもん。それでも、おっちゃんのために、何かしたいねん」

ふたりの真剣な瞳をみつめて、由衣の目に、新しい涙が浮かんだ。

そして、ついに三人で、東京へ行くことになったのだ。

ゼロ先生には、今回の東京行きについて、言わずにおいた。祐也先生に会いにいく、と言ったら、きっと、行くなと言うだろう。気に病んで、心臓にも負担がかかるはずだ。

逸騎と丹華は、ほぼ毎日先生を見舞っていたが、それぞれに学校の行事があるからと、その週末、顔を出さない理由を作った。そして、「もくれん」の妙子さんに頼んで、ひと晩だけうちに泊まりにきてもらい、燦空と留守番をしてもらうことにした。

自分たちが神戸にいないあいだ、ゼロ先生に何事も起こりませんように。

丹華は、祈った。どこかにいる神さまに。天国の、父と母に。

ゼロ先生と祐也先生が、もう一度、きっと会えますように――。


祐也先生の勤務する病院は、都心にある、大きくて立派な施設だった。

事前に、由衣から面談を申し込んでもらった。由衣もひさしぶりに祐也先生に連絡をしたのだが、震災後、ゼロ先生が両親を失った子供たちを引き取って一緒に暮らしていることは、手紙で伝えていた。それに対して、祐也先生からの返事はなかったということだった。

今回、由衣は、祐也先生の古巣・神戸市立三宮病院の医師として、祐也先生の勤務先の病院に電話をかけた。至急相談したいことがある、ついては三十分でかまわないので面談を希望する、と依頼した。祐也先生は、かつての勤務先の後輩医師がわざわざやってくる、ということで、昼の休憩時間に面談することになっていた。

職員用会議室に通された三人は、緊張の面持ちで、祐也先生が現れるのを待った。その日も、午前中は手術が入っており、忙しいあいまを縫って、ほんのいっときだけ会ってくれるのだ。逸騎も丹華も、ソファに座って姿勢を正し、両手を膝の上に置いて、固く握っていた。

ドアをノックする音がした。三人は、同時に立ち上がった。ドアの向こうから、手術着のままの祐也先生が現れた。三十代後半くらい、中肉中背で、背格好はゼロ先生によく似ている。銀縁メガネの顔にも、やはりゼロ先生の面影があった。由衣のとなりに少年と少女が立っているのをみつけて、先生の顔に驚きが浮かんだ。

「ごぶさたしています」由衣が言って、頭を下げた。逸騎と丹華も、「初めまして」と大きな声であいさつをした。

「……ひとりやなかったんか。最初から、言うてくれたらよかったのに」

祐也先生は苦笑して言った。

「このふたりは、君の患者さんの……？」

「ゼロ先生と一緒に暮らしている、イッキ君とニケちゃんです」

由衣が答えた。祐也先生は、はっとしたように、丹華を見た。そして、

「そうか、君は……あのときの……」

そうつぶやいてから、唐突に尋ねた。

「足の調子は、どうや？」

丹華は、一瞬、不思議に思った。

足のこと……なんで知ってるの？

「ニケちゃん。……いままで、言わへんかったけど……震災のときに、ニケちゃんの足の手術をしてくれはったのは、祐也先生やねんよ」

えっ。

丹華は驚いて、祐也先生を見た。目が合うと、先生はすっと視線を逸らした。

「非常時の、しかも専門外の手術やったから、術後の経過がよかったかどうか、ずっと気になっとったんや。……そうか、ずいぶん大きなったんやな」

祐也先生は微笑したが、どことなく気まずそうだった。丹華は、なんとなく照れくさく、赤くなってうつむいてしまった。代わりに、逸騎が、きちんと頭を下げた。

「祐也先生のおかげで、妹は元気になりました。ありがとうございます。……それから、おれも、もうひとりの妹も、ゼロ先生のおかげで、めっちゃ元気です」

そして、丹華の肩を小突いて、「ほら、お前もちゃんとお礼言わなあかんやろ」とささやいた。

「あ……ありがとうございましたっ」

ひと言、言って、丹華はぺこりとおじぎをした。

祐也先生もまた、丹華にとっては命の恩人だった。ありがとうの気持ちが、胸いっぱいにふくらんだ。

「おれら、震災が起きてからずっと、おっちゃん……ゼロ先生にお世話になってます。先生は、両親がおらへんぼくらを引き取って、面倒みてくれてはります」

逸騎は、祐也先生の目をまっすぐに見て言った。

「ゼロ先生は……祐也先生のお父さんであると同時に、ぼくらのお父ちゃんです。ぼくらにとって、めっちゃ、めっちゃ大切な人です」

祐也先生の瞳が、かすかに震えた。逸騎は、はっきりとした声で続けた。

「その大切な人が、何日かまえに急に倒れて、いま、危ない状態なんです。お父ちゃんの心臓の手術をできるんは、祐也先生しかいてはらへんと、ゆい姉から聞きました。お願いです、お父ちゃんの手術をしたってください！」

お願いします！　と叫んで、逸騎は、もう一度、深々と頭を下げた。丹華も、同時に頭を下げた。

どきんどきん、どきんどきん、痛いくらいに心臓が高鳴っている。丹華は、息を凝らして、祐也先生の返事を待った。

お願いです。祐也先生。

おっちゃんを――あたしたちのお父ちゃんを、どうか、助けて――！

重苦しい沈黙が、部屋を満たしていた。ややあって、祐也先生の低い声が、耳に届いた。

「……お断りします」

なんの迷いもなく、きっぱりとしたひと言。

逸騎と丹華は、その冷たいひと言に、一瞬で凍りついた。

ゼロ先生を――祐也先生のお父さんを、そして自分たちのお父ちゃんを、助けてほしい。ふたりの、たったひとつの願いは、あまりにもあっけなく拒絶されてしまった。

――たとえ親子やいうても、ゼロ先生と祐也先生のあいだにできた溝は、そんなに簡単に埋まるもんやないと、私は思うねん。

冷たいこと言うようやけど、説得するんは、きっと、めっちゃ難しいよ。

祐也先生に会いに東京へ行く、と丹華たちきょうだいが言い出したとき、由衣は、ふたりにそう言った。

――せやけど、イッキ君とニケちゃん以外には、祐也先生の心を動かすことはできへんとも思う。

だから……。

東京に、行こ。直接、祐也先生に会って、お願いしてみよ。

すぐにはいい返事をもらえへんかもしれへんけど、あきらめんと、説得してみよ。

ただし、先生と話す時間は、そんなにはないかもしれへん。それでも、せいいっぱい、やってみよ。当たって砕けろ、や。

丹華は、由衣の言葉を思い出して、ここで引き下がるわけにはいかない、と思った。けれど、祐也先生は、丹華と目を合わせようとはしなかった。

「君たちが、あいつのことを思ってくれるんは、ありがたいことやと思う」

無感情な口調で、祐也先生は言った。

「……君たちが、どこまで知っとるんか、あるいは知らへんのか、僕にはわからへん。……せやけど、僕とあいつは、もう親子でもなんでもない」

丹華は、ぐっと息をのんだ。となりに立っている逸騎も、同じように息詰まっているのがわかる。由衣も、まったく言葉をなくしてしまっている。

視線を宙に泳がせて、祐也先生は続けた。

「あの大震災で、僕は、おふくろを亡くした。あいつが一緒にいながら、あいつは、おふくろをよう助けへんかった。……おふくろは、がれきにはさまれて動かれへんで息絶えたんやと、あいつは言うた。……まだ生きとったかもしれへんのに……助けられたかもしれへんのに……あいつは、おふくろを置き去りにしたんや」

こらえ切れないように、祐也先生はうつむいた。苦々しい表情で、それっきり、黙り込んだ。

よどんだ沈黙が、部屋を満たした。心臓の音が、これ以上ないくらいに速く、大きく、体じゅうに響いているのが、丹華には聞こえていた。

どうしよ。胸が、足が、こんなに震えて、立ってられへん。

怖い。怖いねん。助けて、お父ちゃん。――お母ちゃん。

目の前に、がれきにはさまれて動けなくなった祐也先生の母、昭江さんと、自分の母の姿が、重なって浮かび上がる。

がれきの向こうに、炎が迫りくる。もうもうと黒い煙を上げながら、怪物のようにのたうつ炎。足が動かず、その場に転がって、なす術《すべ》もなく、ただただ泣き叫ぶだけの幼い自分――。

――お母ちゃん！

あのときの自分の叫び声が、はっきりと聞こえる。

泣くことしか、叫ぶことしか、自分はできなかった。がれきをどけることも、火を消すことも、父を、母を助けることもできなかった。

火にのまれていく母を見ながら、ただ、泣き叫ぶことしか――。

「あたしらも、おんなじでした……」

震える声で、丹華が言った。

「あたしらも、目の前でがれきにはさまれて、動けへんかったお母ちゃんを、どうすることもできへんで……置き去りにしました。あたしらも、ゼロ先生とおんなじです」

両手を固く握りしめ、目をつぶって、丹華は、自分の中によみがえった「あの日」の記憶と闘っていた。――そのとき。

ふっと、体が軽くなるのを感じた。

――あ。

思い出した。……覚えている。

がれきのかたわらに転がって、泣き叫んでいた小さな自分の体が、ふっと浮かび上がった瞬間があった。

まるで、羽が生えたみたいに。

そうだ。あのとき、自分をがれきの中から救い出して、抱き上げてくれたのは、ゼロ先生だったのだ。

動くことがままならなかった自分を軽々と抱き上げて。イッキ兄ちゃんと、サンクの手を引いて。怪物のような炎から、助け出してくれた――その人。

――生きるんや！

まるで、たったいま、ゼロ先生に抱き上げられたかのように、あのときの声がよみがえる。

そうだ。先生は、必死に叫んでいた。涙をこらえ、悲しみをこらえて、自分たちきょうだいに、そして自分に言い聞かせるように、ひたすら叫んでいた。

――死ぬな！　死んだらあかん、生きろ！

お父ちゃんのぶんまで、お母ちゃんのぶんまで……。

生きて、生きて――生き抜くんや！

丹華は、そっとまぶたを開いた。その瞬間、ひとすじの涙が、ぽたりとつま先の上に落ちた。

勇気を振り絞って、丹華は顔を上げた。そして、手の甲で涙をぬぐうと、祐也先生に向かって言った。

「……あたしたちも、お父ちゃんとお母ちゃんを、目の前で亡くしました。……世界じゅうでいちばん大切な人を、亡くしました。祐也先生と、おんなじように」

丹華は、こみ上げる涙をこらえて、言った。

「だから、世界じゅうでいちばん大切な人を、もう一回亡くすのは、絶対に、ぜったいに、いやです。……お願いです、ゼロ先生を助けてください」

信じています。

祐也先生も、おんなじように思てくれはるって……。

祐也先生の瞳が、ほんの一瞬、風が吹き渡る湖面のように、揺れた。

が、そのとき、丹華の背中に、猛烈な痛みが走った。あっと叫んで、丹華は、その場にうずくまった。

「ニケちゃん⁉」

由衣が驚いて、丹華を抱きかかえようとした。が、丹華は岩のように体を縮ませて、床の上に両膝を突いた。

「ニケ⁉ どないしたんや、しっかりせえ！」

逸騎の手が背中に触れた。丹華は、「痛っ……」と顔を歪めた。逸騎は、驚いて手を引っ込めた。

祐也先生が、急いで丹華の前にひざまずいて、丹華の手首を取ろうとした。

「大丈夫か。ちょっと診せて……」

「だ……大丈夫。大丈夫で……す」

丹華は、大きく息をつくと、汗のにじむ顔をきっぱりと上げて、祐也先生の目を間近に見た。そして、言った。

「ゼロ先生に助けてもろた命やもん……あたしは、大丈夫です。せやから、あたしやなくて、ゼロ先生を……あたしたちのお父ちゃんを、助けてください」

祐也先生は、黙ったままで、初めて丹華の目をまっすぐにみつめ返した。やがて、立ち上がると、部屋の片隅にある電話機のところへ早足で移動して、受話器を取った。

「……佐元良です。いま、会議室にちょっと気分のすぐれへん女の子がいてるんで、空きベッドでしばらく横になってもろてもええかな……いや、急患やない。知り合いで……ああ、頼むわ……」

ナースステーションに内線をかけたようだ。受話器を置くと、祐也先生は、丹華たちのほうを振り向いて、言った。

「僕はもう、戻らんとあかん。看護師が迎えにくるし、まだ気分がすぐれへんようやったら、ベッドで少し横になっていったらええ。由衣先生、あとは頼みます」

それから、もう一度、丹華の目をみつめて、

「気をつけて帰るんやで」

そう言った。その瞳には、やさしい色がほんの少し浮かんでいた。

丹華が何か言うまえに、祐也先生は身を翻《ひるがえ》して、出ていこうとした。由衣が立ち上がって、「待ってください」と呼び止めた。

「先生。私たち、今日、駅の近くのビジネスホテルに泊まります。勤務が終わらはってから、もう一回、お目にかかれませんか」

祐也先生は、ドアを開けかけて立ち止まった。そして、振り向かずに言った。

「悪いな。今夜は当直で、病院を空けるわけにいかへんから」

そして、三人の視線を振り切るように、部屋を出ていった。


祐也先生が勤める病院の最寄り駅のそばにあるビジネスホテルのツインルームで、丹華はベッドに横たわっていた。

由衣と丹華が同室になり、逸騎は同じ階のシングルルームに泊まっていた。丹華の体調がすぐれず、三人とも外に夕食を食べにいく気にもならなかったので、逸騎が近所で弁当を買ってきた。

丹華たちの部屋で三人揃って食べたのだが、丹華はあまり食欲がなかった。ベッドの上で上半身を起こして、食べようとしたものの、ちょっと箸をつけただけで、「もういらん」と、ふたをしてしまった。

「なんやお前、朝も昼もまともに食べてへんやろ。もうちょっと食べへんかったら、長田へ帰られへんぞ」

かたわらの椅子に座って、ご飯をかき込むように食べていた逸騎が言った。

「帰らへんもん」

ぽつりと、丹華が返した。

「あたし、帰らへん。祐也先生が、おっちゃんを助けてくれるって約束してくれるまで……絶対に」

もうひとつのベッドの端に腰かけていた由衣が、箸を動かすのを止めた。逸騎は、もくもくと弁当を食べ続けている。

「ニケちゃん。……私、ずっと考えてたんやけどね」

273

由衣は箸を置いてから、思い切ったように言った。

「ゼロ先生の手術、祐也先生じゃなくて……別の先生にお願いしたほうがええんとちゃうかな、って」

手術をすること自体の「リスク」を少しでも減らすためには、高い技術と多くの成功例をもつ祐也先生に手がけてもらうのが、もっとも望ましいのは間違いない。

けれど、ゼロ先生の容態を考えると、一刻も早い手術が必要であることもまた、間違いないのだ。

父親と向き合おうとしない祐也先生が、振り向いてくれるまで待ち続けるのは、ゼロ先生にとって大きなリスクになる。

「祐也先生に執刀してもらうメリットと、他の先生ではあっても一刻も早く執刀してもらうメリット……そのふたつを天秤《てんびん》にかけたら、私は、『一刻も早く』というほうが、いまのゼロ先生には大事やと思う」

由衣は、言葉を選びながら、ふたりが理解できるように、ていねいに自分の意見を述べた。

逸騎は、ご飯が半分になったプラスチックケースを膝の上に置いて、黙りこくったままだ。

丹華は、枕を背中にあてがって、壁にもたれたまま、やはり口を固く結んで、目の前に広がる白いシーツに視線を落としていた。

——おっちゃん。どうしたらええの？

心の中で、丹華は、ゼロ先生に呼びかけた。

いま、こうしている瞬間も、いつ止まるかもしれない心臓を抱えて、ゼロ先生は、ひとりぼっちで苦しんでいるのだ。

その時間が長くなればなるほど、先生を危険な状態にさらすことになる——。

「おれは……ゆい姉の意見に賛成や」

しばらくして、逸騎が言った。はっきりとした声で。

「明日になったかて祐也先生に会えへんのやし、もうこれ以上、無理言うてもあかんと思う。……祐也先生を困らせるだけや」

それから、由衣の目を見て、言葉を続けた。

「それよりも、少しでもはよ手術してもらえるように、別の先生紹介してくれへんか。ゆい姉の病院に、心臓外科の先生、いてるんやろ。こうなったら、ゆい姉の言う通り、少しでも早いほうがええし……」

由衣は、一瞬、言葉に窮《きゅう》したが、

「いまゼロ先生が入院してはる病院の担当の先生に、まずは相談せんとあかんね。……実はもう、その先生から、紹介状書くからって言われてるの。うちの病院と違うねんけど、大阪にある病院で……もういつでも転院できる段取りになってるねんよ」

ゼロ先生もそのつもりで、とっくに覚悟をしているのだと、由衣は言った。

丹華は、驚いて、うつむけていた顔を上げた。

「ほんまに？……そんなこと、おっちゃん、あたしらには全然言わへんかったよ？」

「おれも聞いてへん」と、逸騎も言った。

「ごめんね。いままで、教えんと」

由衣が、弱々しい笑みを浮かべて言った。

「……手術のことは私に任せるって、言うてはったんよ。でも、ふたりが、どうしても祐也先生にお願いしたい言うてたから……とにかくいっぺん祐也先生に会ってみて、感触をさぐってから、転院の手続きをしようと思っててん。もちろん、私たちが祐也先生に会いにいくってことは、言うてへんけど……もしかして、祐也先生がお父さんのこと心配して、長田に帰ってきてくれへんかな、って私も思てたし……」


つい二、三日まえ、由衣が見舞いに行ったとき、ゼロ先生がぽつりと言った。

——なあ由衣。わしはもう、あかんかもしれへんなあ。

入院してからこのかた、毎晩、昭江の夢ばっかり見るんや。

なんや、悲しそうな顔して、じいっとこっちを見よる。なんにも言わんと、ただ、じいっとみつめるだけなんや。

昭江、昭江、どないしたんや。なんでそんな悲しそうな顔してんねん？　て、どんなに話しかけても、なあんも言わへん。

ほんでなあ。気ぃついたんや。……あいつ、天国にさきにいってしもうて、さびしい思いしてるんちゃうかって。

あんた、いつまで私をほっとくつもりやねん。ええ加減、こっちに来てもらわんと。

そう言いとぉて、夢に出てくるんとちゃうやろか。

考えてみたら、わしほど身勝手な男はおらへん。女房を見殺しにして、息子にはそっぽ向かれて、それでもしぶとく生き延びとるんやから。

そんでも……そんでもな。

あの日……昭江を見捨てた、あのとき。

わしは、三人のきょうだいに出会《でお》た。

まるで運命の波に押し流されるようにして、わしは、あの子らと、どうにかこうにか生き延びたんや。

昭江を亡くして、祐也に縁を切られて……これ以上生きとっても意味ない、あいつらのおらん人生なんて無駄なだけや、死んだほうがましや、何度そう思たかわからへん。

そんでも……そんでもな。

わしには、あの子らがおった。

両親を亡くしたあの子らが、泣いたり笑《わろ》たり励まし合《お》うたりしながら、小さい体で、一生けんめい、生きて、成長するんを見ることができた。

あの子らがおらへんかったら、わしは、とっくにこのへっぽこな心臓がどないかなって、あるいは、自分で自分をどないかして、死んでしもたに決まっとる。

あの子らがおったから、ただあの子らのために、こいつは、動き続けてくれたんや。

由衣。……なあ由衣、勝手なこと言うけど、聞いてくれるか。

わしは、わしはな……もっともっと、生きたいんや。

なんとしても、何があっても。この心臓を、止めたない。

イッキ。ニケ。サンク。

あの子らを残して、わしは、わしは、死ぬわけにいかへんのや。

わしは、ひどい夫や。どうしようもない親父や。

そんでも、そんでもな……。

生きたい。

あの子らのために――。


サッシ窓をおおうカーテンのすきまから、街の明かりがこぼれている。

ビジネスホテルのベッドの中で、真夜中に、丹華はふと目を覚ました。

泣きはらしたまぶたが、うっすら重かった。

昨夜、由衣の話を聞いて、丹華はいままでにないくらい、泣いた。逸騎も、泣いた。そして、由衣も。

泣いて泣いて、思う存分泣いてから、由衣がやさしく言った。

――帰ったら、すぐ、ゼロ先生の転院の手続きしようね。きっと、大丈夫。先生は、めっちゃ図太いもん。がんばって、乗り越えはるに決まってる。

逸騎も、丹華も、大きくうなずいた。そして、何があっても先生を支えようと、みんなで決めた。

逸騎が自分の部屋に帰ってからも、丹華は、ベッドに横になったまま、ずっと由衣と話し込んでいた。ちっとも眠くなかったし、何かをしていないと、不安で押しつぶされそうだった。

そして――丹華の中で、不思議な変化が起き始めていた。

由衣の話を聞いているときから、ずきん、ずきんと両側の肩甲骨あたりが激しく脈打ち始めた。最初は、（また、あれがきた）と、もはや驚きもしなかった。けれど、背中の脈動は、痛みを通り越して、何かが明らかにうごめくような、まるで別の生き物が背中の皮膚の下でびくびくと震えているような、生々しい感じがあった。

ゼロ先生の心情を思って、また涙があふれ、止まらなくなった。胸がしくしくしくして、体じゅうが熱っぽかった。そして肩甲骨のあたりで、ぐっと盛り上がってくる異物があることに、丹華は気づいていた。

それでも、丹華は、由衣と逸騎に気づかれまいと、何も言わずに、どうにかこらえた。

電気を消して、由衣の寝息が聞こえ始めても、しばらく寝つけなかった。

ゼロ先生のことを、ずっと、ずっと、ずっと考えていた。そして、考えれば考えるほど、背中の皮膚の下で、生き物のような異物が熱をもってうごめくのだった。

泣き疲れて、いつしか、丹華は眠りに落ちた。

そして、目覚めたとき——まぶたは重かったが、驚くほど頭は冴えていた。

丹華は、薄明るい闇の中で、カーテンのすきまから漏れる街の明かりに目を凝らした。

——違う。

ふたりとも、嘘つきや。

口には出さずに、心の中でそうつぶやいた。

ほんとうは、おっちゃんは、祐也先生に手術してもらいたいって思てる。祐也先生も、ほんとうは、おっちゃんのことを助けたいって思てる。

それやのに、ふたりとも、意地を張ってるんや。

どうしたらええの？

お父ちゃん。——お母ちゃん。

いったい、どうしたら……。

その瞬間、ナイフで切り裂かれたような衝撃が背中に走った。

丹華は、声を出しそうになって、思わずシーツにくるまって身を丸めた。

それは、いままでにないほどの衝撃だった。痛みというのではない。衝撃というほかはないほどの、荒々しく、どうにもできない、野性の感覚だった。

あ……あ……あ……あ……、な……に……？

な……に……こ……れ……っ？

猛烈な波動が、背中から全身に向かって、一気に広がる。丹華は、がくがくと体を震わせた。驚きと恐怖で、声も出せない。

あ……あ……せ……背中、が……。

背中が……裂け……る……。

卵の殻が少しずつ割れていくような、密《ひそ》やかな音がする。少しずつ、少しずつ、丹華の肩甲骨が盛り上がり、皮膚が破れ、血が流れる。

ああ……これは……。

……羽だ。

また、羽が……あたしの背中に、還《かえ》ってきたんや。

もうろうとする丹華の鼓膜に、あの日、あのとき——ゼロ先生にふわりと抱き上げられた瞬間、聞こえていた自分の声がよみがえる。


お母ちゃん。……お父ちゃん。

なあ、飛んでみて。ニケと一緒に。

大丈夫、飛べるって。こうしてな、うーーんと、上に、空に、うーーんと、力いっぱい、飛び上がるねん。

やってみて、お父ちゃん。お母ちゃん。

兄ちゃん。サンクもや。

こうしてな、こうして……ほうら。


……飛ぶねん……。

16

ずきん、ずきん、ずきん、ずきん。

心臓が背中に移動してしまったかのように、肩甲骨のあたりが激しく脈打つ。

パジャマを突き破りそうになりながら、「羽」が背中から出てくる。丹華は、枕もとに置いていたピンク色のナップサックを急いで開け、ペンケースを取り出した。いつも持ち歩いているその中には、ラメ入りペンやシャーペンと一緒に、はさみが入っていた。

となりのベッドでは、由衣がすやすやと寝息を立てている。起こしてはならないと、丹華は息を殺して、パジャマの上着を脱いだ。

バサリ。布を広げるような音がして、ぎょっとする。

……あ。

いま、広がった。背中で……羽が。

バサッ、バサッ、シーツをはたくような音とともに、肩甲骨がぎゅうっと引っ張り上げられる感覚があり、両腕をぶらぶらさせるように、ぐらん、ぐらんと羽が大きく動く。

うわ、わ、わ……ま、マジで？

ちょっ……ちょっ、ちょっ、ちょっと待って。待って、待ってえな。

丹華は、はさみを手にして、パジャマの背中、二ヶ所に切り込みを入れた。あわててそれを羽織《はお》ったが、背中から飛び出た羽に引っ掛かって、めくれてしまった。とっさに、腕をきゅっと縮めると、羽もそれと同じ動きをした。パジャマの袖に腕を通す要領で、どうにか羽を切り裂いた穴に通すことができた。

額にじっとりと汗が噴き出ている。心臓が、ばくばく、ばくばく、派手に脈打っている。落ち着け、落ち着け、落ち着け、呪文《じゅもん》のように、自分で自分に言い聞かせる。

……夢？　あたし、いま、夢見とぉ？

ううん、夢とちゃう。あたし、ちゃんと目ぇ覚めとぉもん。

夢やなくて、ほんまに……背中に、羽が生えてしもたんや。

丹華は、静かに深呼吸をした。一回、二回、三回。次第に落ち着いてきた。手の甲で額の汗をぬぐう。もう一度、深呼吸する。

そうっと、ベッドを抜け出した。ツインルームの壁際の中央に、デスクと鏡があった。薄明るい闇の中で、丹華は、自分の姿を鏡に映してみた。背中を鏡に向けて、恐る恐る、振り返る。

う……わ、あ。

羽が、ある。

ランドセルを背負ったように、鳥が翼をたたんだ状態で、背中にぴったりとそれはくっついていた。

大きさは、ヴァイオリンくらい。よく見えないが、初めて羽が生えたときと同じように、うっすらと血に染まって、濡れてぼそぼそしている。絵画やアニメに出てくる天使の羽――大きくて、すらっときれいで、カッコいい羽とは、全然違う。なんというか、ぎゅうっと縮こまって、みっともないような。

何年かまえに、一度だけ生えたときは、いまより小さい羽だったし、もっと現実感がなかった。――初めての体験だったから、だろうか。

いや、っていうか、こんなこと、ふつう体験せえへんやろ？

なぜこんなことになってしまったのか、丹華は戸惑った。しかし、すぐに気がついた。いまの自分には、戸惑っているいとまはないのだと。

もしかしたら、あたし、おかしな病気になってしもうたんかもしれへん。

ひょっとしたら、このまま、死んでしまうのかもしれへん。

でも、だけど。――だとしたら。

たった一度だけでいい。

あたし、飛んでみたい。

だって、この羽は……あたしを選んで、来てくれたんや。

丹華は、静かに、背中に意識を集中してみた。ふわっと、両腕を高く上げてみる。

そして、羽ばたきするように、ふわっ、ふわっと動かしてみる。すると……。

背中で縮こまっていた羽が、ぐーんと持ち上がって、ふぁさっ、ふぁさっと、大きく動いた。

わ……あっ。

大きなうちわであおいだように、背中で風が起こり、髪の毛が後ろから前へ、ぱらぱらっと揺れた。デスクの上のメモ帳がめくれ上がり、ホテルのパンフレットが、ふわっと舞い上がって床に落ちた。

す、すごい……。

丹華は、ごくんとつばを飲み込んだ。

背中に意識を集中すると、広げたり、閉じたり、思い通りに羽を動かすことができた。そう、腕を動かすのとまったく同じだ。

これなら、きっと……思い切り動かしてみれば……いけるかもしれへん。

由衣は、相変わらずぐっすりと眠ったままだ。丹華は、パジャマのままで、靴をはこうとして、やめた。

靴なんか、いらへん。——飛ぶんやもん。

そうっとドアを開け、裸足《はだし》で、誰もいない廊下へ出た。

突き当たりに非常口がある。痛いくらいに心臓の鼓動を感じながら、丹華は、急いで非常口に向かった。右足を引きずっているから、どんなに急いでも走ることはできないのだが。

音を立てないように、非常口のドアを開ける。目の前に、となりの建物の壁が現れた。建物と建物のあいだ、ごく狭いすきまに、外部避難階段がつけられている。丹華が出てきたのは、五階部分の出口だった。

鋼鉄のひやりとした感触が足の裏を刺した。かすかな夜風が吹いている。丹華は、ぶるっとひとつ、身震いをした。背後で、バタンと音を立ててドアが閉まった。

足、冷た……やっぱ、靴、いるかも。

部屋に戻ろうかと、ドアノブに手をかけて、回した。ところが、開かない。ガチャ、ガチャ、ガチャ、回しても、揺すっても、びくともしない。非常口のドアは、外部からの侵入を防ぐために、オートロックになっていたのだ。

丹華は、一瞬、頭の中が真っ白になった。

――あかん。もう、帰られへんわ。

はあ、と大きくため息をついた。急に心細くなった。

どないしよう。もし、いま、ゆい姉が目を覚ましたら……。

あたしがいてへんことに気がついて、ホテルのフロントに電話して、警察に電話して、大騒ぎになるかもしれへん。

そうやわ。だって、ベッドの上には、はさみを置きっぱなしやし、シーツに血もついてしもた。

殺人事件とか、誘拐《ゆうかい》とか、疑われるかもしれへん。

で、非常口にいるあたしがみつかって……背中に、ヘンなもんがくっついてて……余計に大騒ぎになって……。

ニュースになって、入院中のおっちゃんにも知られて……ビックリして、おっちゃんの心臓が止まってしもたら……。

どないしよ。……最悪や。

はあ、ともう一度、ため息をついて、丹華は、ビルとビルのあいだに広がる、薄明るい夜空を見上げた。

この都会で、こんな夜中に、夜空を見上げる人が、どれほどいるだろうか？

星に願いをかける人が、どこかにいるだろうか？

いいや、いない。——自分以外には。

だから、もしも飛んだとしても、誰にもみつかることはない。

そして、もしも飛べたら、行きたいところは——たったひとつ。

丹華は、二度、三度、深呼吸をした。目を閉じて、背中に全神経を集中させる。

どくんどくん、どくんどくん、体じゅうの血が、ほとばしるように背中に集まってくる。

お母ちゃん。……お父ちゃん。

なあ、飛んでみて。ニケと一緒に。

大丈夫、飛べるって。こうしてな、うーーんと、上に、空に、うーーんと、力いっぱい、飛び上がるねん。

こうしてな、こうして……ほうら。

……飛ぶねん……。

ふっ、と体が軽くなった。

足の裏に触れていた、鋼鉄の冷たい感覚がなくなった。丹華は、そっと目を開けた。

避難階段の踊り場が、手すりが、真下に見える。はっとして、周りを見回した。

——浮いている。

ぽっかりと、空中に、体がまるごと浮いている。

うわ——————っ!!

丹華は、空中で、足をじたばた、じたばた、自転車をこぐように動かした。すると、ふわっ、ふわっ、ふわっ、どんどん体が上昇する。

「うわ、わ、わ、わ、マジ、マジマジ、マジでえっ⁉︎」

思わず声に出した。するとまた、ふわっ、ふわっ、ふわっと、上へ、上へ、高く、高く、高く。

「と……飛んだあっ」

ひと声、叫んだ。ふぁさっ、羽が大きく動いて、丹華の体は、一気に空高く舞い上がった。

街灯、ビルの窓、マンションの明かり、コンビニエンスストア、自動販売機、車のヘッドライト、テールランプ。色とりどりの光が、きらきら光って、ずっと下に見える。丹華は、体を前倒しにして、ぽっかりと街の上に浮かんでいる。背中では羽が力強く動き、ぐんぐん前進する。魚になって海を泳いでいるような――いいや、鳥になって、空を飛んでいるのだ。

高層ビルの赤いランプが、ついたり消えたり、瞬《またた》いている。その真上に、ぽっかりと、明るい月が浮かんでいる。

気球に乗っているみたいだ。それとも、魔法のほうき?『魔女の宅急便』のキキも、こんな感じなのだろうか。こんなに気持ちのいいこと、生まれて初めてだ。けれど、丹華は、背中に全神経を集中させ続けた。少しでも気をゆるめると、たちまち墜落《ついらく》してしまいそうだから。

待ってて、おっちゃん。

あたし、飛んでいく。

祐也先生のところへ。

びっくりするかもしれへんけど。……もちろん、びっくりするはずやけど。

あたし、おっちゃんを助ける。絶対に、助ける。

この思いを、祐也先生に届けるんや！


どこをどう飛んだのか。ほんとうに飛んだのか。

夢なのか、現実なのか。

丹華にはもう、わからなくなっていた。

背中の羽を、夢中で動かした。羽は、けんめいに動き続けてくれた。

飛び始めた最初の瞬間に感じた爽快《そうかい》さは、すぐに消えた。息が切れ、汗が噴き出し、体じゅうの筋肉が痺《しび》れるように痛い。のどが渇《かわ》き、目がかすむ。走ったことはないけれど、42・195キロを走るマラソンランナーは、きっとこんな感じに違いない。

丹華は、祐也先生が夜勤で詰めているはずの病院を、必死に捜《さが》していた。たしか駅からタクシーに十分くらい乗ったはずだ。けれど、東京は初めてだったし、どこをどう行ったのか、まったく覚えていない。しかも、地上で見る風景と、真上から見下ろす風景は、全然違うのだ。

ふっと集中力が途切れると、たちまち、がくんと失速して、落ちていきそうにな る。何度も、はっとして、力いっぱい羽ばたいた。飛行機が乱高下するように、丹華の体は、上へいったり、下へいったり、空中をめまぐるしく旋回《せんかい》した。

あかん……もう、限界や……。

頭がぼうっとしてきた。耳鳴りもする。もうこれ以上、飛び続けられそうにない。

落ち……る。

お父ちゃん……お母ちゃん……。

……おっちゃん……あたし、もう……。

と、そのとき。

ライトに照らし出された見覚えのある病院の看板が、丹華の視界をかすめた。

はっとして、丹華は、かすむ目をごしごし、手でこすった。

——みつけた！　祐也先生の、病院や……！

羽を動かすスピードを、ゆっくり、ゆっくり、ゆるめていく。いくつかの明かりのついた窓を、少し離れたところから、ひとつ、ひとつ、のぞいていく。

どこ？　どこにいてるの、祐也先生？

ひと通りのぞいたものの、ナースステーション以外、人影がない。急速に体から力が抜けていきそうになるのを、なんとかこらえて、丹華は、建物の反対側に回った。

ひとつだけ、こうこうと明かりがついた窓がある。丹華は、ゆっくりと羽を動かす速度を落としながら、窓に近づいていった。

開け放った窓辺で、カーテンが夜風にかすかに揺れている。部屋の中のデスクの前に、ひとり、祐也先生がいた。

丹華は、羽を細かく動かしながら、ヘリコプターがホバリングする要領で、窓のすぐ外の空中に浮かんだ。そして、祐也先生の様子を、目を凝らしてみつめた。

デスクの上に無造作に広げられた書類や本、飲みかけのコーヒーの入ったマグカップ。祐也先生は、何をするでもなく、ただぼんやりと、椅子にもたれていた。しばらくすると、何かを考え込むように、デスクに肘をつき、やるせなさそうに頭を抱え込んだ。

丹華は、窓の桟《さん》を両手でつかむと、ふぁさ、ふぁさと、おおらかに羽を動かし、プールでバタ足の練習をする感じで、体を宙に浮かべながら、部屋の中をのぞいた。

そして、意を決して、呼びかけた。

「……祐也先生」

先生の肩が、ぴくりと動いた。ゆっくりと、青白い顔が窓のほうを向いた。

そして――。

「……っ」

何か言おうとして口を開けたが、まったく声が出せないようだ。丹華は、窓枠《まどわく》に両手を添えて、

「あの……入ってもいいですか」

遠慮がちに訊いた。

祐也先生は、後ろにひっくり返りそうになりながら、どうにか立ち上がった。そして、目を丸くして、まばたきもせずに、窓の外に浮かんでいる丹華をみつめていたが、ようやく声を絞り出した。

「ど……どないして、そこに……こ、ここは、ご、五階やぞ。あぶ、危な……」

丹華は、にこっと笑いかけてから、

「すみません、入ります。もう限界やし」

そう言って、すらりと窓枠を飛び越えた。

ふうっ。

大きく息をついた。「地に足が着く」言うんは、こういう感じやろか。

部屋に入ってきた丹華の姿を見て、祐也先生は、再び絶句してしまった。丹華は、背中に手を回すと、ずっと羽ばたき続けてここまで自分を連れてきてくれた羽をいたわるように、そっとなでた。

「……それは……なんや？」

祐也先生が、震える声で尋ねた。丹華は、姿勢を正して、ふぁさっと羽を動かしてみせた。

「羽です」

「羽……？」

丹華は、うなずいた。

「もういっぺん、祐也先生に会いたい、思てたら、生えてきたんです。せやから、飛んでみようって思たんです」

祐也先生の顔に、驚きの表情が浮かんだ。

「その羽で……ここまで、飛んできたんか？」

もう一度、丹華はうなずいた。今度は、照れくさそうな微笑みを浮かべて。

「何年かまえも、いっぺん、生えてきたことがあったんです。その……好きな男子がいてて……その子のことを考えると、背中がむずむずして。気がついたら、羽、みたいなんが、生えてきたんです。そのときは、飛んだりはせんと、すぐに取れてもうたんやけど……」

そうだ。あのときは、照れくさくて、なかなか認めることができなかった。

誰かを、すごく好きだと思うこと。心から大切に思うこと。

ずっと、ずっと、一緒にいたいと思うこと。

最初は、復興住宅訪問ボランティアの仲間だった陽太のことを考えると、背中がむずむずした。だけど、何よりも、誰よりも大切な人のことを思ったとき、その人を助けたいと思ったときに、本格的に羽が生えた。そして、飛べたのだ。

世界でいちばん、大切な人。

それは——ゼロ先生。

あたしの、お父ちゃんになってくれた人。

「あたし、感じたんです。祐也先生も、お父ちゃんを……ゼロ先生を助けたい、思うてるって。ゼロ先生も、ほんまのほんまは、祐也先生に全部任せたい、思うてるって」

震災のときは、大切な人を助けたくても、どうすることもできなかった。

でも、いまなら、きっとできるはず。

それなのに、ふたりとも、意地っ張りで、なかなかすなおになれない。

会いたい気持ちを、お互いに思い合っているほんとうの気持ちを、表すことができない。

だったら、あたしが見せる。

大好きな気持ちって、どんなふうだか。

すぐにでも、飛んでいきたい。そんな思いに正直になったとき、どんなふうになるか。

「……それで、羽が生えてしまった……言うんか」

祐也先生の問いに、丹華は、にこっと笑った。祐也先生も、つられて、微笑んだ。

「とんでもない子やな、君は。ほんまもんの『ニケ』みたいや」

「ニケ……？」

今度は、祐也先生がうなずいた。

「ギリシア神話に出てくる、勝利の女神のことや」

……あ。

急に、思い出した。

震災の直後に、ゼロ先生に同じことを言われた。

——ギリシア神話に出てくる、勝利の女神や。……言うてもわからへんか。とにかく、女神さまやで。翼が……羽が生えとぉねんぞ。背中にな、こんなふうに、大きな羽が。

そう言って、ゼロ先生は、両手をふわっと持ち上げて、大きな鳥にでもなったように、二、三回、上下させた。丹華は、足に負ったけがの痛みでもうろうとしながらも、先生が飛び立ちそうに両手を広げるのをみつめていた。

——せやから、大丈夫や。君は、守られとぉねんぞ。女神さまに。

「おんなじこと、言われました。ゼロ先生に」

そう言って、丹華は微笑んだ。

ニケ。——勝利の女神。

いったい、それが、どんな姿かたちの神さまなのか、小さな丹華には想像もつかなかった。

ただ、ゼロ先生が両手を軽やかに広げた姿が、ほんとうに翼を広げた鳥のようで、丹華のまぶたに、残像になって焼きついていた。

丹華は、まっすぐに祐也先生に向かい合うと、言った。

「祐也先生。……ゼロ先生の手術をお願いします。あたし、いますぐにでも、祐也先生を連れて、神戸まで飛んでいきます」

祐也先生の目に、再び驚きが浮かんだ。が、今度は落ち着いて、先生は答えた。

「何を言うとるんや。そんなこと、できっこない……」

「できます」

きっぱりと、丹華は言った。

「あたし、飛びます。どんなに遠くても……祐也先生が、ゼロ先生に会ってくれはるなら」

その瞬間、鋭い痛みが背中を貫いて走った。突然、足もとから波が引くように、さあっと血の気が引いた。

ぐらりと体が揺れて、丹華は、その場に崩れ落ちた。

「……ニケちゃん⁉」

とっさに、祐也先生が手を差し伸べた。その手が、ぱさりと羽に触れた。遠ざかる意識の中で、丹華は、必死に言葉をつないだ。

「大丈夫……あたし、飛べます……」

……お父ちゃんが、大好きやから。

灯火が消えたように、ふっと目の前が真っ暗になった。


小学校の体育館、震災直後の避難所。

あちこちに積み上がる段ボール。咳をする音。子供の泣き声。

毛布にくるまる人々のあいだを、風のようにすり抜けて、ゼロ先生の背中が遠ざかる。

——待って！

行ってしまいそうになる後ろ姿を、声を振り絞って止めたのは、丹華だった。

——帰って……くる？

丹華の祈るようなまなざしを受け止めて、ゼロ先生は、力強くうなずいた。

——もちろん、帰ってくる。せやから、待ってるんやで、ニケ。

見ず知らずの人なのに、なぜかなつかしかった。

無骨な、やさしい手をしていた。

パン生地をこね、焼き上がったパンの並んだトレーを運ぶ手。丹華の頭をやわらかくなでてくれた、父の手にどこか似ていた。

うん、待ってる。
あたし、待ってるで、おっちゃん。
そんでな、おっちゃん、元気になって帰ってきたら……。
おっちゃんのこと、お父ちゃん、って呼んでもええ？
イッキ兄ちゃんも、サンクも、そう思てる。
あたしら三人とも、そう呼ぼう、って決めたんや。
おっちゃんは、あたしらの、お父ちゃん。
帰ってきてな、お父ちゃん。いつまでも、いつまでも待ってるから。
もう二度と、遠いところへ行かんといて――。

「……大丈夫や。容態は、安定しとるから」
ゼロ先生によく似た、やさしく密やかな声が聞こえてきて、丹華は目を覚ました。
――あれ……ここ、どこ？
周りをぐるっとカーテンで仕切られている、ベッドの上。
……病院？　祐也先生の……。
「ほんまに、よかった……靴もはかんと、パジャマのままでどこへ行ってしまったんやろって、気が動転して……せやけど、きっと祐也先生のとこへ行ったに違いない、思たんです。警察に連絡するまえに、まず、ここに来てみようって思て……」

由衣の声だ。どうやら、丹華がホテルの部屋から消えたことに気づいて、病院へ来たらしい。

「ご迷惑をおかけして、ほんまに、すみません」

逸騎の声がした。心底、すまなそうな声だった。

「あいつ、ゼロ先生を助けたい気持ちでいっぱいやったんです……せやから、こんな無茶なこと……パジャマのまんまで、裸足で歩いてきたて……むちゃくちゃや。通行人にどない思われたやろか……」

丹華が「飛んできた」とは、祐也先生は言わなかったようだ。丹華は、はっとして、ふとんの中で背中に手を伸ばしてみた。

……ない。

羽が、なくなっている。

以前のように、取れてしまったのだろうか。

とすれば、取れた羽はどうしたのだろう。砂のようになって、消えてしまったのだろうか。

「なあ、イッキ君。君は、誰かを助けたくて、すぐにでもなんとかしたくて、いっそ空を飛んでいけたら……思たこと、あるか？」

唐突に、祐也先生が訊いた。丹華は、全身を耳にして、カーテンの向こうの会話に聴き入った。

「……あります」

逸騎が、言った。はっきりとした声で。

「大震災のとき、目の前で、お母ちゃんが死んでいくんを、子供のおれはどうすることもでけへんかった。テレビの特撮のヒーローみたいに、お母ちゃんをがれきの中から抱き上げて、飛んでいけたら……思いました。でも……」

一瞬の沈黙のあと、逸騎の静かな声がした。

「おれらを抱き上げて、空高く飛んでくれた人がいました。……ゼロ先生です」

燃え盛る炎と、悲しみと、絶望と。そういうもののいっさいを乗り越えて、高く、高く、どこまでも高く飛んでくれた。

無精ひげを生やして、ぼさぼさの髪の毛で、よれよれの白衣を着た、めちゃくちゃカッコ悪いおっちゃん。

そばめしが好きで、昭和歌謡が好きで、医者のくせに口が悪くて。寝言は言うわ、いびきはかくわ。授業参観に来たら、いちばん年寄りで、友だちのお父さんお母さんとくらべたら、そりゃあもう見劣《みおと》りしまくってて。

「せやけど、ゼロ先生は、世界でいちばんカッコいい親父です。おれらの、最高の、お父ちゃんです」

丹華は、知らず知らず、胸の上で固く両手を組んでいた。涙があふれて、頬を伝った。

そうだ。あのとき、ゼロ先生が飛んでくれたから――。

――あたしも、飛べたんだ。

カーテンの向こうは、しんと静まり返っていた。

沈黙する、三つの人影。

やがて、いちばん大きな影が、ゆらりと揺れて、立ち上がった。

「僕も、今日、初めて思たよ……飛んでいこうと」

祐也先生のあたたかな声が、丹華の耳に響いた。丹華は、そっと目を閉じた。新しい涙が、またこみ上げてきた。

――飛んでいこう。僕も、君たちと。

親父のもとへ――。

お父ちゃん、お母ちゃん。

ふたりが、天国へいってしまったあの日から、十年がたちました。

あのとき、がれきの山に成り果てた長田の街は、見違えるほどきれいに生まれ変わりました。

街角に植えられた街路樹は、すくすく育って、桜の若木も花をつけ、満開に咲いています。

商店街も整備され、新しいアーケードもできました。「パンの阿藤」があった場所には、とってもすてきなカフェ「もくれん」ができて、あたしは、なんと、中学生のときから、そこの常連客。オーナーの妙子さんは、本が大好きなやさしい人で、あたしが行くと、いつもとびきりおいしいコーヒーをいれてくれます。最初のうちは、大人の真似して、苦いコーヒーを無理やり飲んでたんやけど……いつの間にか、コーヒーの苦みには、ちょっとだけ甘みも含まれてるんやなあ、なんて、味がわかるようになってきました。

ゼロ先生は、相変わらず、「街の復興カウンセラー」として、さもとら医院を中心に、神戸のあちこちで活躍しています。震災から十年たったいまでも、災害後遺症のストレスや、お年寄りの孤独死や、復興住宅での孤立や、解決せなあかん問題は山のようにある、せやから休んでるひまないねん、と、張り切っています。

平日は勤務が終わってから、休みの日にはときどきサンクを連れて、復興住宅への訪問ボランティアや、高齢者のための往診を続けています。じいちゃんばあちゃんにわしの愚痴《ぐち》を聞いてもろてるんや、お前はまだ若いんやからしっかりせい！ちゅうて励まされとるんやと、いつもありがたがっています。あんまり無理せんといてな、と言うと、大丈夫大丈夫、わしの心臓には毛が生えてるねん、祐也に手術してもらったとき、二、三本植毛してもろたんや、なんて言って笑っています。

祐也先生からは、何やかんやと用事にかこつけて、ちょくちょくメールがくるみたい。ちゃんと自己管理せえよ、親父もいちおう医者の端くれなんやろ？　と、意地悪なことを言われるみたいで、あいつにだけはかなわんなあ、とぼやきながら、なんや、ちょっとうれしそうやねん。

イッキ兄ちゃんは、高校卒業後、念願通りに調理の専門学校へ進学しました。わが兄貴ながら、料理のセンスは、ほんまにバツグン！　将来は、神戸の有名フレンチレストランで見習いシェフをしたいって。ひょっとして、もしかして、フランスに修業に行くかも、なんてことも……。夢を語りながら、毎日、うちでのご飯作りにも、精出してくれてます。あたしとサンクに向かって、お前らダイエットとか言うてる場合ちゃうぞ、しっかり食えや！　と口の悪さも相変わらず。これはきっと、ゼロ先生ゆずりやねん、一生直らへんかもなあ。

サンクは、めっちゃおしゃまな中学生になりました。おこづかいは全部、おしゃれに使ってしまうねん。学校でも結構モテモテで、男子に告《コク》られた、って自慢するし、今度のデートには何着てこ、なあなあ姉ちゃん、どう思う？　なあんて。あーあもう、やってられへんわ。

ゆい姉は、去年、結婚しました。大学時代の同期やった、小児内科の先生と。あたしたちはみんな、めっちゃ喜んで、おめでとう、言うたんやけど、イッキ兄ちゃんだけは、ちょっとさびしそうやった。絶対認めへんかったけど、きっとゆい姉は、兄ちゃんの初恋の人やったんとちゃうかなあ。もちろん、結婚してもゆい姉は、仕事継続、ますますがんばってる。休日には、ゼロ先生と一緒にボランティアもやってるし、ときどき、うちに来て、一緒にご飯食べてってくれます。ご飯のしたくめんどくさいねん、イッキ君はほんまにえらいなあ、と笑って。

そして、あたしは……地元の高校三年生になりました。

神戸大学医学部の合格目指して、日々、勉強に励んでます。自分でもびっくりするくらい、理系女子みたい。毎日補習を受けて、学校の帰りには「もくれん」に寄って、参考書と問題集を広げてる。花の十七歳のくせして、そんなんやったら彼氏もできへんよ、と妙子さんには呆れられてるけど、いまはまだ、これでええ、って思てる。

いつか、誰かに本気で恋したら、きっとまた、羽が生えて、飛んでいってしまうかもしれへんから。

一度だけ、祐也先生に訊いてみた。あたしの羽は、どうなりましたか、って。そしたら、先生、くすくす笑って……夢でも見たんとちゃうか、って。

そうなんかなあ。夢やったんかなあ。

せやけど、あたし、覚えてる。

あの日、あの夜、ビルの真上にぽっかり浮かんだ月に届きそうなくらい、高くたかく、あたしは、翔《と》んだ。

あのときの、天にも昇る気持ち、はっきり胸に残ってる。

お母ちゃん……お父ちゃん。
あたしは、これからもずっと、あたしの家族と、友だちと、大好きな人たちと、
この土地で、地に足着けて、生きてゆきます。
前を向いて、歩いてゆきます。
だけど、もしもくじけそうになったら、そのときは、思い出すことにします。
大丈夫、翔べるって。
こうしてな、こうして……ほうら。

翔ぶねん。

解説　未来をつくる人

最相葉月

東日本大震災から五年の月日が過ぎた。阪神《はんしん》・淡路《あわじ》大震災で被災した人々の心のケアに従事し、東日本大震災後は東北の被災地に通い続けている神戸の精神科医からこんな話を聞いた。

二〇一一年三月十一日以降、津波や被災した人々の映像が連日のようにテレビで放送されたために、阪神間で多くの人が心身の不調を訴えた。その医師のもとで治療を受けた人の中にも、一九九五年一月十七日の記憶がよみがえって苦しんでいる人がいた。燃えさかる炎の中、家の下敷きになった家族を助けられなかった。思い出さずにすむよう転居までしたのに、気持ちが一気に当時に引き戻されてしまったと。

悲しみは時と共に形を変えていくが、それでも何かの拍子に記憶の蓋《ふた》が開いて逆流してしまうことがある。きっかけは災害に限らない。学校でのいじめや職場でのトラブル、家族の不和など直接その体験とは関係のないことであっても引き金をひく。戦争体験を昨日のことのように語って涙するお年寄りがいるのを見ればわかる。悲しみは治すものではなく、抱えていくものなのだと医師はいった。

　困難な生をいかに生きればよいのか。あの日、多くの人がそんな問いを前に立ちすくんだだろう。直接の被害を受けなかった人でも、いったい何をすればいいのかと自問しただろう。とるものもとりあえず現場に駆け付けた人がいた。離れたところからできることをしようと声をかけ合った人がいた。誰よりも被災した人々のそばにいて息の長い支援を続けているのが、過去の災害で家族を失った人たちだった。阪神・淡路大震災で息子を亡くしたある父親は被災地に必要なものを全国から募集し、受け取った人が困らないように梱包《こんぽう》の工夫をして三陸《さんりく》沿岸の町に届けた。小学生の時に被災して家族を失い、その後、カウンセラーとなったある女性は今も福島で被災した人々の心のケアにあたっている。

　自分も昔、同じような目に遭ったからといって体験を押しつけようとはしない。悲しみは共有できないその人だけのもの。あの頃の自分が受け取って困ったことは改善して届けよう。たとえ相手は善意だとわかっていても、自分がいわれて傷ついた言葉はかけないようにしよう。そして、そばにいるからいつでも頼ってほしいと伝えよう。それが彼らの支援に込められた想いである。

大人になった『翔ぶ少女』の主人公、丹華《にけ》と兄の逸騎《いつき》、妹の燦空《さんく》もきっと東北に駆け付けただろう。炊きだしのボランティアに精を出す逸騎や燦空、「心のお医者さん」として少し足を引きずりながら仮設住宅を巡回する丹華の姿が目に浮かぶ。

阪神・淡路大震災を伝える番組で繰り返し使われる神戸市長田《ながた》区の火災映像がある。逸騎、丹華、燦空の三きょうだいはあの炎の下で両親を、ゼロ先生こと佐元《さもと》良是朗《らこれあき》は妻を亡くした。愛する家族を亡くした悲しみと、そばにいながら助けられなかったという自責の念を抱える四人が、あの日、出会った。

「ええか、イッキ。君らは、絶対に大丈夫や。君の妹は、なんと女神さまと一緒の名前やないか。きっと守ってもらえるはずや。心配せんと、ここで待っとくんやで」

昔も今も避難所によく出没する得体の知れない新興宗教のボランティアの言葉とは天と地ほどの隔たりがある。避難所に連れてこられて心細くなっているきょうだいにゼロ先生が真っ先に伝えたのは、がんばれ、ではなく、大丈夫ということだった。三人はこの時初めて、丹華という名前がギリシア神話に出てくる勝利の女神と同じと知り、よくわからないけれど何か大きな力に守られているというかすかな感覚を得た。ゼロ先生は絶対的な愛でくるんでくれていた両親に代わって子どもたちの前に現れた救世主だった。

ゼロ先生と三きょうだいの共同生活が始まる。学校に行けばいつも「かわいそう」「特別」といわれて嫌な思いをしている丹華は、毎週金曜日になるとゼロ先生のかばん持ちを務める。ゼロ先生と研修医の由衣《ゆい》は、ボランティア医師として仮設住宅を巡回しているのだ。丹華は住人たちの人気者になっていった。

私ごとになるが、阪神・淡路大震災下の子どもたちを取材していた時、人工島六甲《ろっこう》アイランドの広大な空き地に建設された仮設住宅で知り合った小学生の姉弟を思い出した。彼らは丹華と同じように仮設暮らしの人たちの太陽だった。子どもを失くしたおばさんの家に通って一緒におにぎりを食べ、お年寄りには不親切なつくりの玄関の段差やすぐそばにある国道の交通量の多さに腹を立てていた。仮設住宅の背後にそびえ立つ高層マンションに住む友だちの家に遊びに行くのに、どうして暗証番号を押さなければいけないのかと聞かれた時、私には返す言葉がなかった。

子どもたちは子どもたちのサイズで、怒りや悲しみ、社会の矛盾を感じている。当時、私が感じたのはそのことだった。本書でも引っ越し先の復興住宅で孤独死した佐々木《ささき》のおばちゃんの話が出てくるが、これは決して昔話ではない。神戸の復興住宅でも震災から二十年以上が過ぎて高齢となった住人の孤独死が報じられている。ボランティアの見守り活動は続いているが限界はある。町がきれいに復興しても、心の復興、人間の復興には計り知れない時間がかかるのだ。巨大防潮堤の建設や高台移転が進む東北がこの先どんなリスクを抱えていくのか想像力を働かせる必要がある。

東日本大震災では世界中から多くのジャーナリストが現場に向かい、被災地の今を伝えた。小説家や芸術家は悲しみや怒りや戸惑いをそれぞれの作品で表現し、一筋の光を見出そうとした。『楽園のカンヴァス』でアンリ・ルソー作とされる絵画の真贋《しんがん》判定をめぐるミステリーを圧倒的な筆力で描き切った著者が、阪神・淡路大震災について書いたと知った時は意外に思えた。著者は関西学院大学の出身で、震災の時は東京で会社勤めをしていたため何もできずにいたことを悔いる気持ちをずっと抱えていたという。単行本が出た時の著者インタビューで、「神戸・阪神間は青春の一番素晴らしい思い出が詰まった街。いつか役立ちたいと思い続け、19年たってやっと一歩踏み出せた」（神戸新聞二〇一四年一月二十六日）と語っている。

本書を書くにあたって著者は、二〇一二年一月十七日の震災発生時刻五時四十六分の神戸から取材を開始し、岩手県大槌町《おおつちちょう》など東北の被災地にも通った。東北のことは描かれていないが、人々の暮らしぶりは仮設住宅の描写などに投影されているという。「記憶の風化にあらがう神戸と、今まさに苦しみの中にある東北。二つの震災が背景にある。災害は誰の身にも起こり得るけれど、そこから立ち上がる力も人間は必ず持っている。生きていること自体が一つの奇跡。苦しみと共に、その喜びもまた分かち合いたい」（同前）。

二つの大震災を知る者に共通する思いではないだろうか。一見、『楽園のカンヴァス』と同じ著者のものとは思えないほど印象が異なる作品であるが、根底に流れるものは変わらない。人が人を想う心の強さとやさしさ、時を経ても変わらない真実の力である。

『翔ぶ少女』で著者が一人の少女に与えたのは人知を越えた能力、翔ぶ力だった。後半、ゼロ先生を助けるべく丹華が東京に向かうくだりは胸底を摑《つか》まれ、涙なしでは読めない。ゼロ先生にとっても三人の子どもたちは神様であり、救世主だった。

本書は大人だけでなく、一人でも多くの子どもたちに届いてほしいと思う。著者が丹華たち三きょうだいに希望を託したように、子どもたちはいつまでも私たちの未来なのだから。


（ノンフィクションライター）

協力
小泉寛明
清水あきよ
篠 芳子
神戸市長田区の皆様
岩手県大槌町の皆様

この作品は二〇一四年一月にポプラ社より刊行されました。

翔ぶ少女

原田マハ

2016年　4月　5日　第１刷発行
2025年　1月 17日　第10刷

発行者　加藤　裕樹
発行所　株式会社ポプラ社
〒一四一-八二一〇　東京都品川区西五反田三-五-八
ホームページ　www.poplar.co.jp
フォーマットデザイン　緒方修一
組版・校閲　株式会社鷗来堂
印刷　岩城印刷株式会社
製本　大和製本株式会社

N.D.C.913/319p/15cm
ISBN978-4-591-14996-6

P8101300